JN015080

国際俳句歳時記

internatonal SAIJIKI
SAIJIKI international

［冬・新年］

Winter ・ New Year
Hiver ・ Nouvel An

向瀬美音・編
Mine Mukouse

ふらんす堂

序・季語の力

　向瀬美音編の『国際俳句歳時記・冬（新年を含む）』が出版されるという。前の『春』につづき、慶事と思われる。それは、日本のみならず、世界中のかたがたの十七音への取り組みを目の当たりにできるからだ。ただし、本書では日本における俳人の季語に対する感覚と海外のかたとの違いが散見される。

　たとえば「立冬」の作品を見てみよう（日本語訳は向瀬美音による。原語は本書を参照されたい）。

　　立冬や校庭にまづ雪だるま　　　　　　　ミレラ　デゥマ

　作者が住むというルーマニアは大陸性気候で、冬はかなり寒く、夏は相当暑いという。してみれば、この句における「立冬」と「雪だるま」という二つの季語の同居もじゅうぶんにうべなえるのである。

　似た例は次の句にも見られる。

　　小鳥来て一枝揺るる寒落暉　　　　　　　タンポポ　アニス

　インドネシア在住の作者。日本風に厳密にいえば、この句には「小鳥来る」という秋の季語と、課題となっている「寒し」からは少しずれた「寒落暉」（冬の暮とすべきか）という季語が入っている。

　また、次の句を見てほしい。

裸木やウールのコート新しく　　　アンジェラ　ジオルダーノ

　イタリア在住の作者。この句にも「裸木」と「コート」という季語が二つ入っている。句会でなら、当然、非難されるかもしれない。しかし、「裸木」も「コート」も共に冬の季語であるという感覚を持っていない限り、とりたてて咎められることではないだろう。これらの作品からわかるのは、日本の歳時記の厳しい季語分類をそのまま適用することは、かなり難しいということ（実は日本国内でも徹底した分類は案外できていない）。

　いわゆる「二十四節気」でも苦心のほどがうかがわれた。一年を二十四に分けたこの区分を、われわれは自然に受け入れているが、海外の人々にとってはそうではない。そもそも、「立冬」「小雪」「大雪」「冬至」「小寒」「大寒」といった冬季の節気について、諸外国で厳しい区別があるとは思えない。そういった中で、「大寒」で詠まれた作品に注目した。

大寒や物乞の手に何もなき　　　　ヴェロニカ　ゾラ

　カナダ在住の作者。原文を読んでほしいが、なるほど、大寒は「一年で最も寒い時期」と訳すしかないわけだ。当然、他の厳寒期の季語と交錯し、渾然一体となるしかないわけである。国内における厳密さとは全く別に、海外のかたがたに「二十四節気とはこういうもので」「時期はそれぞれ何日から何日までで」と説明し、それに沿った実作をお願いしても、なかなか実現しない。それよりも、シンプルに「一年で最も寒い時期」と説明し、それに従って実作を試みて貰うほうが現実的である。結果として、歳時記の「大寒」のバリエーションといえる季語の作品が生まれるのは当然のことといえるだろう。

その一方で、「ああ、国を違えても考えることは似ているのだな」と思える作品にも出合った。「冬の朝」の一句を挙げる。

　　冬の朝缶珈琲で温まる　　　　アメル　ラディヒ　ベント　シャドリー

　チュニジア在住の作者である。東京でも寒い朝に「缶珈琲」を購入し、それを手にくるんで、束の間の暖を取っている様子はよく目にするし、経験した人も多いだろう。「人がすることは、国が違えどそれほど変わらない」ということを、この句から知った。ただし、たとえば自動販売機のメンテナンスが日本ほど行き渡っている国はほとんどないはずなので、この句の作者は普通の販売店で入手したのかもしれない（筆者が英国で見た自動販売機は、地下鉄のホームで定期的に補充・点検されていたチョコレートバーの機械以外、まともに稼働していた例を知らない）。

　ここでローカル性が発揮されていた作品を見てみよう。「冬の夜」で詠まれた作品である。

　　冬の夜や砂漠に包まれてをりぬ　　　　　アブダラ　ハジイ

　モロッコ在住の作者。おそらくは荒涼たる景色が広がっていたであろう「砂漠」。筆者はモロッコに旅したことはないが、ものの本によると、地中海性気候の土地がある一方で、サハラ砂漠へ続く乾燥地帯が広がっているらしい。この作品は地方色を濃く出していて、とても惹かれた。

　「霜夜」の句で、次の作品にも心惹かれた。

　　霜夜なり亡命したる家族写真　　　　　カメル　メスレム

　アルジェリア在住の作者。「亡命」という、日本人には馴染みの薄い厳然たる事実に驚かされる。この世には普通に生きてゆく

こと自体が難しい土地があることを、この『国際歳時記』から教えられた。

　ここ二年近いコロナ禍の日々にもめげず、この歳時記を世に問うことを決めた向瀬美音に対し、感嘆の念を禁じ得ない。皆が疲弊した、行く先が見えず、心がささくれた。しかしながら、彼女は俳句を、そして季語を通して、たしかなる一冊をもってわれわれに十七音の存在を知らしめようとしている。
　ありがとう。厳しい状況下で、俳句の存在感を示してくれて。
　敬称略だらけではあるが、感謝の念を込めて、わが序文としたい。

　　　　　　　　　　　　　　　　　　櫂　未知子

Preface The power of Kigos

"International Haiku Saijiki / Winter (including New Year)" edited by Mine Mukose has been published. We can celebrate this new publication following "Spring". This is because we can witness the efforts of people not only in Japan but all over the world to tackle the seventeen sounds. However, in this book, there are some differences between Japanese poets' sense of Kigos and that of foreign poets'.

For example, let's take a look at the work of "the first day of winter / Ritto" (Japanese translation by Mine Mukose. See this book for the original language)

'first winter day — in the school yard the first snowman'

(Mirela Duma)

Romania, where the author lives, has a continental climate, with cold winter and hot summer. In this way, the cohabitation of the two seasonal words "the first day of winter" and "snowman" in this haiku can be fully enjoyed.

A similar example can be found in the following haiku.

'little birds come and a branch swaying — cold sunset'

(Tanpopo Anis)

The author lives in Indonesia. Strictly speaking in the Japanese style, this haiku has the autumn season word "small bird coming" and "cold sunset" (should it be winter evening), which is a little different from the theme "cold".

Also, see the following haiku.

'the bare branches — a new boiled wool coat'

'i rami spogli — un nuovo cappotto di lana cotta'

(Angela Giordano)

The author lives in Italy. This haiku also contains two seasonal words, "bare tree" and "coat." Of course, if at some big KUKAI, it may be criticized. However, unless you have the feeling that both "bare wood" and "coat" are winter season words, you will not be blamed for them. As can be seen from these works, it is quite difficult to apply the strict seasonal word classification of Japanese Saijiki as it is (actually, even in Japan, a thorough classification has not been made so properly).

Also the so-called "24 solar terms" seems to have demanded painstaking effort. We Japanese naturally accept this division, which divides the year into twenty-four periods, but foreigners don't. First of all, I don't think there is a strict distinction in foreign countries about each period of winter such as "Ritto / the first day of winter", "light snow", "heavy snow", "winter solstice", "small cold", and "large cold". Under such circumstances, I paid attention to the work written with "the coldest time of the year".

'a beggar's empty hands — the coldest time of the year'

(Veronika Zora)

The author lives in Canada. Please read the original text, but I see, "Daikan" can only be translated as "the coldest time of the year." Naturally, there is no choice but to mix it with other seasonal words during the cold season and become one with each other. Apart from the strictness in Japan, even if you explain to overseas people "What is 24 solar terms?" and "the time is from what day to what day," and ask for an actual work in line with that, it is hard to realize. It is rather more realistic to simply explain "the coldest time of the year" and have them try the actual work accordingly. As a result, it is natural that works of haiku with new approach for seasonal words, which can be said to be a variation of "Daikan" in Saijiki, would be born.

On the other hand, I also came across a work that makes me think "Oh, the way of thinking is similar even if you are in a different country." Here is the haiku of "winter morning".

'café à la canette — matin d'hiver frileux'

(Amel Ladhibi Bent Chadly)

The author lives in Tunisia. Even in Tokyo, you can often see or experience the appearance of buying canned coffee on a cold morning, wrapping it in a hand, and keeping it warm for a while. I learned from this haiku that "what people do is not so different in different countries." However, for example, vending machine maintenance should not be fully provided widely as in Japan, so the author of this haiku may have obtained it at an ordinary retailer (the vending machines I saw in the UK were in a subway platform. I don't know of any examples of proper operation other than the chocolate bar machine that was regularly replenished and inspected).

Let's take a look at the works that shows locality here. It is a work written with "winter night".

'nuit d'hiver — les dunes de sable m'entourent'

(Abdallah Hajji)

The author lives in Morocco. Perhaps the "desert" was a desolate landscape. I have never traveled to Morocco, but according to the book, while there are lands with a Mediterranean climate, the arid areas leading to the Sahara Desert spread widely. This work has a strong local color and is very attractive.

The haiku on "frost night" also attracted me to the next work.

'gel d'hiver — dans l'album photo la chaleur rassemble la
famille réfugiée' (Kamel Meslem)

The author lives in Algeria. I am amazed at the harsh fact of "exile", which is unfamiliar to Japanese people. This "International Saijiki" taught me that there are lands in this world where it is difficult to live normally.

I cannot help admiring Mine Mukose, who decided to publish this Saijiki, despite the days of COVID-19 for nearly two years. Everyone was exhausted, We couldn't see where we were going, and our hearts got splintered. However, she is trying to inform us of the existence of the seventeen sounds with a sure book through haiku and seasonal words.

Thank you, for showing me the presence of haiku under difficult circumstances.

Although without any titles, I would like to make it my preface with gratitude.

Michiko Kai

Préface La force des Kigos

"International Haiku Saïjiki / Hiver (y compris le Nouvel An)" édité par Mine Mukose est publié. On peut célébrer cette nouvelle publication après "Printemps". C'est parce que nous pouvons assister aux efforts des gens non seulement au Japon mais partout dans le monde pour aborder les dix-sept sons. Cependant, dans ce livre, il existe quelques différences entre le sens des Kigos — mots saisonniers des poètes japonais et celui des étrangers.

Par exemple, jetons un coup d'œil à l'œuvre "le premier jour de l'hiver / Ritto" (traduction japonaise de Mine Mukose. Voyez ce livre pour la langue d'origine)

'first winter day — in the school yard the first snowman'

(Mirela Duma)

La Roumanie, où vit l'auteur, a un climat continental, avec des hivers froids et des étés chauds. De cette façon, la cohabitation des deux mots saisonniers "le premier jour de l'hiver" et "bonhomme de neige" dans ce haïku peut être pleinement appréciée.

Un exemple similaire peut être trouvé dans le haïku suivant.

'little birds come and a branch swaying — cold sunset'

(Tanpopo Anis)

L'auteur vit en Indonésie. Strictement parlant dans le style japonais, ce haïku a le mot de la saison d'automne "petit oiseau qui arrive" et "coucher de soleil froid" (s'il s'agit de "la soirée hivernale"), ce qui est un peu différent du thème "froid".

Voir aussi le haïku suivant.

> 'the bare branches — a new boiled wool coat'
>
> 'i rami spogli — un nuovo cappotto di lana cotta'

> (Angela Giordano)

L'auteur vit en Italie. Ce haïku contient également deux mots saisonniers, "arbre nu" et "manteau". Bien sûr, s'il s'agit d'un grand KUKAI il peut être critiqué. Cependant, à moins que vous n'ayez le sentiment que "bois nu" et "manteau" sont des mots de saison hivernale, vous ne serez pas blâmé pour eux. Comme on peut voir ces travaux, il est assez difficile d'appliquer la classification saisonnière stricte des mots du Saïjiki japonais tel qu'il est (en fait, même au Japon, une classification approfondie n'a pas été faite vraiment).

Même les soi-disant "24 termes solaires" semble avoir demandé beaucoup de labeur. Nous Japonais acceptons naturellement cette division, qui divise l'année en vingt-quatre périodes, mais pas les étrangers. Tout d'abord, je ne pense pas qu'il y ait une distinction stricte entre les pays étrangers concernant chaque pèriode en hivertel telles que "Ritto / le premier jour de l'hiver", "neige légère", "neige lourde", "solstice d'hiver", "petit froid", et "grand froid". Dans de telles circonstances, j'ai prêté attention à l'œuvre écrite dans "la période la plus froide de l'année".

'a beggar's empty hands — the coldest time of the year'

(Veronika Zora)

L'auteur vit au Canada. Lisez le texte original, mais je vois que "Daikan" ne peut être traduit que par "la période la plus froide de l'année". Naturellement, il n'y a pas d'autre choix que de le mélanger avec d'autres mots saisonniers pendant la saison froide et de devenir un avec l'autre. En dehors de la rigueur au Japon, même vous expliquez aux étrangers "Qu'est-ce que 24 termes solaires?" et "le temp est de quel jour à quel jour", et demandez un travail réel en accord avec cela, c'est difficile à réaliser. Au contraire, il est plus réaliste d'expliquer simplement "la période la plus froide de l'année" et de leur demander d'essayer le travail réel en conséquence. De ce fait, c'est tout naturellement qu'un travail de mots saisonniers, que l'on peut dire être une variation du "Daikan" en Saïjiki, verra le jour.

D'un autre côté, je suis également tombée sur une œuvre qui me fait penser "Oh, la pensée est similaire même si vous êtes dans un autre pays". Voici un haïku de "matin d'hiver".

'café à la canette — matin d'hiver frileux'

(Amel Ladhibi Bent Chadly)

L'auteur vit en Tunisie. Même à Tokyo, vous pouvez souvent voir ou ressentir l'apparence d'acheter du café à la canette par une froide matinée, l'envelopper dans sa main et le garder au chaud pendant un moment. J'ai appris de ce haïku que "ce que les gens font n'est pas si différent selon les pays". Cependant, par exemple, l'entretien des distributeurs automatiques ne devrait pas être répandu qu'au Japon, de sorte que l'auteur de ce haïku l'a peut-être obtenu chez un détaillant ordinaire (le distributeur automatique que j'ai vu au Royaume-Uni était dans un métro. Je ne connais aucun exemple de bon fonctionnement autre que la machine à barres de chocolat qui était régulièrement réapprovisionnée et inspectée).

Jetons un coup d'œil aux travaux qui ont montré la localité ici. C'est une œuvre écrite en "Nuit d'Hiver".

'nuit d'hiver — les dunes de sable m'entourent'

(Abdallah Hajji)

L'auteur vit au Maroc. Peut-être que le "désert" était un paysage désolé. Je n'ai jamais voyagé au Maroc, mais selon le livre, il existe des terres au climat méditerranéen, cependant les zones arides menant au désert du Sahara sont très répandues. Cette œuvre a une forte couleur locale et est très attrayante.

L'expression "gel d'hiver" m'a attiré vers l'œuvre suivante.

'gel d'hiver — dans l'album photo la chaleur rassemble la famille réfugiée'

(Kamel Meslem)

L'auteur vit en Algérie. Je suis émerveillée par la dure réalité de "l'exil", qui n'est pas familière aux Japonais. Ce "Saïjiki International" m'a appris qu'il y a des terres dans ce monde où il est difficile de vivre normalement.

Je ne peux m'empêcher d'admirer Mine Mukose, qui a décidé de publier ce Saïjiki, malgré l'épidémie de coronavirus depuis près de deux ans. Tout le monde était épuisé, nous ne voyions pas où nous aillons et notre cœurs étaient brisés. Cependant, elle essaie de nous informer de l'existence des dix-sept sons avec un livre certain à travers des haïkus et des mots saisonniers.

Merci, de nous montrer la présence du haïku dans des circonstances difficiles.

Quoique sans titres, je voudrais en faire ma préface avec gratitude.

Michiko Kai

目次：Table of contents：Table des matières

序・季語の力 　　　　　　　　　　　　　　　　　　　櫂　未知子

Preface　The power of Kigos / Préface　La force des Kigos　　Michiko Kai

冬

時候［じこう・jiko］season / saison

天文［てんもん・tenmon］astronomy / astronomie

地理 ［ちり・chiri］ geography / géographie

生活 [せいかつ・seikatsu] life / vie

行事 [ぎょうじ・gyoji] event / cérémonie

動物 ［どうぶつ・dobutsu］ animals /animaux

植物 ［しょくぶつ・shokubutsu］ plant / plante

新年

時候 ［じこう・jiko］ season / saison

天文 ［てんもん・tenmon］ astronomy / astronomie

生活 ［せいかつ・seikatsu］ life / vie

▎動物 ［どうぶつ・dobutsu］ animals / animaux

あとがき　　　　　　　　　　　　　　　　　　　　　　　　　向瀬美音

Postface / Postface　　　　　　　　　　　　　　　　　　　　Mine Mukose

編者履歴

Editor Biography / Biographie de l'editeur

冬

[ふゆ・fuyu]
winter / hiver

時候 [じこう・jiko] season / saison

立冬 ［りっとう・ritto］

the first day of winter / premier jour de l'hiver

"beginning of winter"
The first day of winter. One of 24 divisions of the solar year. around the 7th day of 11th month of the solar calendar. It is not so cold yet, but when you listen to the vioces of winter, the blowing wind makes you feel cold.

立冬や校庭にまづ雪だるま

first winter day — in the school yard the first snowman

ミレラ　デゥマ /Mirela Duma　（ルーマニア /Romania）

海と空静かに混ざり冬に入る

premier jour d'hiver — pas un bruit la brume confond l'eau et le ciel

カメル　メスレム /Kamel Meslem　（アルジェリア /Algeria）

立冬やヘアーバンドで耳隠す

first day of winter — pulling the headband covering my ears

ナッキー　クリスティジーノ /Nuky Kristijino　（インドネシア /Indonesia）

立冬や鋭き風が頬を打ち

vent vif sur mes joues — premier bonjour de l'hiver

アンヌ - マリー　ジュベール - ガヤール /Anne-Marie Joubert-Gaillard
（フランス /France）

立冬や冷たき雨は屋根走り

premier jour de l'hiver — la pluie froide court sur les toits

ミレーユ　ペレ /Mireille Peret　（フランス /France）

敷石に君の名前や冬に入り

son nom sur la dalle — premier jour d'hiver

サラ　マスモウディ /Sarra Masmoudi　（チュニジア /Tunisia）

あくび出るほど短き日冬に入る

　bâillement — si court le premier jour d'hiver

　　　　　アンヌ‐マリー　ジュベール‐ガヤール /Anne-Marie Joubert-Gaillard
　　　　　　　　　　　　　　　　　　　　　　　　（フランス /France）

テーブルに辛き料理や今朝の冬

　the first day of winter — hot spicy dishes on dining table

　　　　　マフィズディン　チュードハリー /Mafizuddin Chowdhury　（インド /India）

なべて黒白なる田舎今朝の冬

　tout en noir et blanc dans la campagne — premier jour d'hiver

　　　　　カリーヌ　コシュト /Karine Cocheteux　（フランス /France）

黄昏や憂鬱な街今朝の冬

　premier jour d'hiver — la ville mélancolique au crépuscule

　　　　　リミ　ラルビ /Limi Larbi　（モロッコ /Morocco）

立冬や悩ましき目覚ましの音

　first day of winter — the annoying sound of the alarm clock

　　　　　ミレラ　ブライレーン /Mirela Brailean　（ルーマニア /Romania）

立冬や小麦畑に雪のなき

　premier jour d'hiver — sans couverture blanche frissons des champs

　　　　　ジャン‐リュック　ファーヴル /Jean-Luc Favre　（スイス /Suisse）

立冬や空気の中に声光り

　first day of winter — a twinkling voice in the air

　　　　　セバスティアン　チオルテア /Sebastian Ciortea　（ルーマニア /Romania）

立冬や自撮りは白き山と共

　the first day of winter — my selfie with the white mountain

　　　　　マフィズディン　チュードハリー /Mafizuddin Chowdhury　（インド /India）

立冬や子はマフラーを喜びて

> the first day of winter — joy of a child with his first muffler
> le premier jour d'hiver — joie d'un enfant avec son premier cache-nez

ハッサン　ゼムリ /Hassane Zemmouri　（アルジェリア /Algeria）

伴侶なくとみにさびしき冬に入る

> premier jour d'hiver — ma moitié me manque

ファビオラ　マラー /Fabiola Marlah　（モーリシャス /Mauritius）

立冬や圧力釜のよく唸り

> the first day of winter — hiss of pressure cooker
> premier jour d'hiver — sifflement de la cocotte-minute

向瀬美音 /Mukose Mine　（日本 /Japan）

冬初めまづは星座図求めたる

> the first day of winter — looking for the star chart
> premier jour d'hiver — cherche la planisphère céleste

向瀬美音 /Mukose Mine　（日本 /Japan）

葡萄色のブラウス纏ふ今朝の冬

> the first day of winter — burgundy blouse
> premier jour de l'hiver — chemisier bordeaux

向瀬美音 /Mukose Mine　（日本 /Japan）

小春 ［こはる・koharu］

indian summer / été de la Saint-Martin

Although it is not yet a full-fledged winter, the warm weather reminds you of the early spring.

目覚めると鳥の鳴き声小春かな

> small spring — birds singing upon awakening

ダニエラ　ミッソ /Daniela Misso　（イタリア /Italy）

小春日や猫の背中の温かく

été indien — si chaud le dos du chat

ミレーユ　ペレ /Mireille Peret　（フランス /France）

小春日やロビンは空を温めて

été indien — le chant du rouge-gorge réchauffe le ciel

カリーヌ　コシュト /Karine Cocheteux　（フランス /France）

小春日や新婦遠くにブーケ投げ

été indien — la mariée lance le bouquet très loin

マリン　ラダ /Marin Rada　（ルーマニア /Romania）

浮浪者の肩にコートや小六月

été de la Saint-Martin — un bout de manteau sur l'épaule d'un miséreux

ファビオラ　マラー /Fabiola Marlah　（モーリシャス /Mauritius）

小春日や犬の散歩に出かけたる

indian summer — he let the dogs out

ナッキー　クリスティジーノ /Nuky Kristijino　（インドネシア /Indonesia）

小春日や近くの浜を散歩して

Indian summer — long stroll on the nearby beach

ナッキー　クリスティジーノ /Nuky Kristijino　（インドネシア /Indonesia）

友達と茶をすする音小春かな

Indian summer — the sound of sipping tea with friends

タンポポ　アニス /Tanpopo Anis　（インドネシア /Indonesia）

石榴の木に歌ふロビンや小六月

été de la Saint Martin — un rouge gorge chante dans le grenadier

フランソワーズ　モリス /Françoise Maurice　（フランス /France）

小春日の女ばかりのバスツアー

the day of Indian summer — a bus tour of nobody but women

十河智子 /Sogo Tomoko （日本 /Japan）

日本地図しばし広げる小六月

indian summer — looking at the Japan map
l'été indien — je regarde la carte du Japon

向瀬美音 /Mukose Mine （日本 /Japan）

短日 ［たんじつ・tanjitsu］

short day / journée courte

The shortness of the winter day. After autumn equinox, November and December, the sunset becomes earlier, and the winter solstice shows the shortest daytime hours.

宿題のまだまだ多し短き日

short day — while homework is still a lot

フォーズル　エル　ヌルカ /Fauzul el Nurca （インドネシア /Indonesia）

星はもう輝いてをり暮早し

courte journée — déjà la brillance d'une étoile

ファビオラ　マラー /Fabiola Marlah （モーリシャス /Mauritius）

短日や黄昏の影長くなり

short day — the shadows grow longer at dusk
breve il giorno — s'allungano le ombre all'imbrunire

アンジェラ　ジオルダーノ /Angela Giordano （イタリア /Italy）

短日や窓辺に恋人の光

short day — lover's sun at the window

アブダラ　ハジイ /Abdallah Hajji （モロッコ /Morocco）

編み針の中にマフラー暮早し

journée courte — entre les aiguilles une écharpe en laine

フランソワーズ　モリス /Françoise Maurice （フランス /France）

短日やゆふぐれ前の屋根に月

giornate corte — la luna sul tetto prima di sera
jours courts — la lune sur le toit avant le soir

ジーナ　ボナセーラ /Gina Bonasera （イタリア /Italy）

巡回を終へる日輪暮早し

courte journée d'hiver — le soleil termine sa tournée

カメル　メスレム /Kamel Meslem （アルジェリア /Algeria）

暮早し山に入る日を追ひ故郷

short day — watching after the setting sun to go back home

十河智子 /Sogo Tomoko （日本 /Japan）

夕刊のインクの匂ひ暮早し

short day — smell of ink in the evening edition
courte journée d'hiver — l'odeur de l'encre dans l'édition du soir

向瀬美音 /Mukose Mine （日本 /Japan）

冬至 ［とうじ・toji］

winter solstice / solstice d'hiver

One of the 24 solar terms, the Sun goes South the most, the day is the shortest and the night is the longest of the year. It is around 22nd December. We take a yuzu bath and pray for good health.

大股で家路に就くや冬至の夜

winter solstice — my long stride back home

イン　イスマエル /In Ismael （インドネシア /Indonesia）

家路いと長く感ずる冬至かな

solstice d'hiver — mon long chemin à la maison

マリン　ラダ /Marin Rada　（ルーマニア /Romania）

雪風に自由に揺るる冬至かな

solstice d'hiver — au libre vent les flocons balancent

カメル　メスレム /Kamel Meslem　（アルジェリア /Algeria）

新しき無垢の自然の冬至かな

solstice d'hiver — la nature dans une nouvelle virginité

ジャン - リュック　ファーヴル /Jean-Luc Favre　（スイス /Suisse）

あたたかき服を取り出す冬至かな

winter solstice — I bring out some thicker clothes

ポール　カルス /Paul Callus　（マルタ /Malta）

暗闇はワインの香り冬至かな

winter solstice — darkness smells of mulled wine

ポール　カルス /Paul Callus　（マルタ /Malta）

早く寝て早く起きるや冬至の日

winter solstice — early to bed early to rise

ザヤ　ユーカナ /Zaya Youkhanna　（オーストラリア /Australia）

冬至の日夢に子どもの頃のこと

winter solstice — recycling my childhood in a dream

アギュス　マウラナ　スニャヤ /Agus Maulana Sunjaya
（インドネシア /Indonesia）

君の夢に温めらるる冬至かな

solstice d'hiver — je me réchauffe de ton dernier rêve

カリーヌ　コシュト /Karine Cocheteux　（フランス /France）

招待客をらぬ祭の冬至かな

solstice d'hiver — un calme à la fête sans invités

オルファ　クチュク　ブハディダ /Olfa Kchouk Bouhadida
（チュニジア /Tunisia）

オレンジを二つに切りて冬至かな

solstice d'hiver — elle coupe une orange en deux

アメル　ラディヒ　ベント　シャドリー /Amel Ladhibi Bent Chadly
（チュニジア /Tunisia）

猫は陽のぬくさ味はふ冬至かな

solstice d'hiver — le chat savoure la douceur du soleil de midi

ラチダ　ジェルビ /Rachida Jerbi　（チュニジア /Tunisia）

床の間のいけばなに差す冬至の陽

sunshine hits ikebana in the tokonoma — winter solstice

タンポポ　アニス /Tanpopo Anis　（インドネシア /Indonesia）

月光に影運ぶ雲冬至かな

winter solstice — clouds carry my shadow under the moonlight

キンベリー　オルムタック /Kimberly Olmtak　（オランダ /Holland）

猫遊ぶクリスマスボール冬至かな

winter solstice — a cat plays with Christmas balls
solstizio d'inverno — un gatto gioca con le palle di Natale

デニス　カンバロ /Dennis Cambarau　（イタリア /Italy）

冬至の夜二人の一致する弱さ

solstice d'hiver — nos faiblesses en accord

カリーヌ　コシュト /Karine Cocheteux　（フランス /France）

クリスマスローズ場の美しき冬至かな

solstice d'hiver — la rose de Noël embellit l'espace

フランソワーズ　モリス /Françoise Maurice　（フランス /France）

地球儀をぐるりと回す冬至かな

winter solstice — she turns the globe
solstice d'hiver — elle fait tourner le globe terrestre

キュディレロ　プリュム /Cudillero Plume　（フランス /France）

富士山に光差したる冬至かな

winter solstice — a ray of light on Mount Fiji

モナ　ヨーダン /Mona Iordan　（ルーマニア /Romania）

ポトフより立ち上がる湯気冬至かな

winter solstice — smoke from the pot au feu casserole
solstice d'hiver — fumet de la casserole de pot au feu

向瀬美音 /Mukose Mine　（日本 /Japan）

師走 ［しわす・shiwasu］

December / décembre

It is December. Because we run around busily this month.

蠟燭の優しき動き十二月

December — the gentle movement of a candle
dicembre — il gentile movimento di una candela

ダニエラ　ミッソ /Daniela Misso　（イタリア /Italy）

幸不幸分からず師走来りけり

December — I don't know be happy or sad

ザヤ　ユーカナ /Zaya Youkhanna　（オーストラリア /Australia）

緋の絹のスカーフ首に十二月

décembre gris — autour de mon cou une écharpe de soie rouge

イザベル　カルヴァロ　テールス /Isabelle Carvalho Teles （フランス /France）

一歩一歩静けき歩なり十二月

December — step by step I mark it silently

ナニ　マリアニ /Nani Mariani （オーストラリア /Australia）

栗鼠のための枝葉の巣なり十二月

décembre — un nid de feuilles pour l'écureuil

フランソワーズ　デニオ‐ルリエーヴル /Françoise Deniaud-Lelièvre
（フランス /France）

裸木は霧に隠るる師走かな

décembre — un arbre nu caché derrière la brume

カディジャ　エル　ブルカディ /Khadija El Bourkadi （モロッコ /Morocco）

新生児の心温む師走かな

décembre — le nouveau-né réchauffe son cœur

キュディレロ　プリュム /Cudillero Plume （フランス /France）

一日ごと師走静かな街に降り

jour après jour — décembre descend vers la ville du silence

スアド　ハイリ /Souad Hajri （チュニジア /Tunisia）

とりとめもなく晩年を師走かな

meandering through the second half of life — December

バーバラ　オルムタック /Barbara Olmtak （オランダ /Holland）

古都の灯に師走の雨のリズムかな

old town street light — the rythm of the rain in December

タンポポ　アニス /Tanpopo Anis （インドネシア /Indonesia）

十二月生まれた人と逝つた人

December — review of the year's deaths and births

キンベリー　オルムタック /Kimberly Olmtak　（オランダ /Holland）

しなのきの蜜の輝く師走かな

décembre — les reflets de miel du tilleul

フランソワーズ　デニオ - ルリエーヴル /Françoise Deniaud-Lelièvre
（フランス /France）

母の忌に供へる言葉十二月

sad December — death anniversary message for mother

リナ　ダルサ /Rina Darsa　（インドネシア /Indonesia）

師走くる町の景色の淡さかな

cold December — the pale landscape of my town

ナッキー　クリスティジーノ /Nuky Kristijino　（インドネシア /Indonesia）

雨粒の雪片となる師走の空

ciel de décembre — les gouttes petit à petit deviennent flocons

ジャニン　シャルメトン /Jeanine Chalmeton　（フランス /France）

年の暮 [としのくれ・toshinokure]

the end of the year / fin de l'année

the end of the year. Many regions start preparing for the New Year in the middle of December, and from that time on, the realization of the end of the year begins. the feeling is strong around Christmas.

疫病の終はりを祈る年の暮

end of the year 2020 — prayer of hope for the end of pandemic
fin d'année 2020 — prière d'espoir pour la fin de la pandémie

アンヌ - マリー　ジュベール - ガヤール /Anne-Marie Joubert-Gaillard
（フランス /France）

年の暮フェリーで川を横切りぬ

end of year — the ferryman takes me across the river

ポール　カルス /Paul Callus　（マルタ /Malta）

悲しみを川に投げたる年の暮

dernier mois de l'année — elle jette à l'eau de la rivière sa tristesse

アンヌ – マリー　ジュベール – ガヤール /Anne-Marie Joubert-Gaillard
（フランス /France）

裸木に喪の樹液ある年の暮

fin d'année — les arbres nus sont portés par la sève du deuil

ジゼル　エヴロット /Gisèle Evrot　（フランス /France）

封筒に新たな願ひ年の暮

closing envelops wishes for a new beginning — end of the year

キンベリー　オルムタック /Kimberly Olmtak　（オランダ /Holland）

濃き霧のゆつくり晴れて年の暮

dense fog slowly clearing — end of the year

バーバラ　オルムタック /Barbara Olmtak　（オランダ /Holland）

始まりに乾杯したる年の暮

kampai! ushering in new tidings — end of the year

バーバラ　オルムタック /Barbara Olmtak　（オランダ /Holland）

年の暮新しき空ありにけり

fin de l'année — un nouveau ciel

エウジェニア　パラシヴ /Eugénia Paraschiv　（ルーマニア /Romania）

年の暮酒の最後のひと啜り

end of the year — and my last sip of sake

ザヤ　ユーカナ /Zaya Youkhanna　（オーストラリア /Australia）

年の暮光の庭を満たす月

derniers jours de l'an — la lune remplit le jardin de lumière

フランソワーズ　モリス /Françoise Maurice　（フランス /France）

生活の一周したる年の暮

life's come full circle at year's end — a bright full moon

バーバラ　オルムタック /Barbara Olmtak　（オランダ /Holland）

忙しなく回るオーブン年の暮

the end of the year — the oven works without a break
fin de l'année — le four tourne sans arrêt

向瀬美音 /Mukose Mine　（日本 /Japan）

数え年いよよ迷える小舟かな

the end of the year — lost ship
fin de l'année — une barque enfin perdue

向瀬美音 /Mukose Mine　（日本 /Japan）

年惜しむ ［としおしむ・toshioshimu］

sad the year is over / regretter l'année

Regretting the year that is going away. Feeling that there are various things this year.

知らぬ人愛す人消え年惜しむ

so much regrets this year — beloved or unknown faces missing
tant de regrets cette année — les visages aimés ou inconnus disparus

アンヌ - マリー　ジュベール - ガヤール /Anne-Marie Joubert-Gaillard
（フランス /France）

白き石に新しき名を年惜しむ

un nouveau nom sur la pierre blanche — regrets de l'année

エウジェニア　パラシヴ /Eugénia Paraschiv　（ルーマニア /Romania）

絹の紙に詩歌の跡を年惜しむ

regretter l'année — sur papier de soie l'empreinte d'un poème

カリーヌ　コシュト /Karine Cocheteux　（フランス /France）

道筋の分からぬままに年惜しむ

sad this year is over — the itinerary is still pending

ナニ　マリアニ /Nani Mariani　（オーストラリア /Australia）

年惜しむ君に書かざりきラブレター

regrets de l'année — les lettres que je ne t'ai jamais écrites
regretele anului — scrisorile pe care nu ți le-am scris niciodată

マリン　ラダ /Marin Rada　（ルーマニア /Romania）

年惜しむ手放すものを考へて

sad end of the year — reflecting on what to let go

キンベリー　オルムタック /Kimberly Olmtak　（オランダ /Holland）

不安にてくしやくしやなる日年惜しむ

regrets de l'année — trop d'heures passées froissées d'incertitudes

ジゼル　エヴロット /Gisèle Evrot　（フランス /France）

ひととせは一夜のごとく年惜しむ

sad this year over — a year as a night
regrets de l'année — une année comme une nuit

向瀬美音 /Mukose Mine　（日本 /Japan）

冬の朝 [ふゆのあさ・fuyunoasa]

winter morning / matin d'hiver

The winter morning is cold and the night is left intact. The ice sticks, the water doesn't come out from the tap and the frost covers the ground.

冬の朝老婦焚火の木を拾ふ

winter morning — the old lady collects dead wood for the fire
matin d'hiver — la vieille dame ramasse du bois mort pour le feu

アンヌ‐マリー　ジュベール‐ガヤール /Anne-Marie Joubert-Gaillard
（フランス /France）

冬の朝窓より松の香りかな

winter morning — pine scent from the window
mattina d'inverno — il profumo dei pini dalla finestra

ダニエラ　ミッソ /Daniela Misso　（イタリア /Italy）

冬の朝薔薇は滴に飾らるる

matin d'hiver — la belle rose se pare de rosée

カメル　メスレム /Kamel Meslem　（アルジェリア /Algeria）

冬の朝手のひらにまづコーヒーを

winter morning — cupping the warmth of my first coffee

ポール　カルス /Paul Callus　（マルタ /Malta）

冬の朝トーストの香の家満たす

matin d'hiver — le parfum de pain grillé réchauffe la maison

ラチダ　ジェルビ /Rachida Jerbi　（チュニジア /Tunisia）

冬の朝砂漠裸足で歩きけり

matin d'hiver — promenade au désert pieds nus

アブダラ　ハジイ /Abdallah Hajji　（モロッコ /Morocco）

曇りたる目に陽の光冬の朝

beam of light in my foggy eyes — winter morning

キンベリー　オルムタック/Kimberly Olmtak　（オランダ/Holland）

冬の朝缶珈琲で温まる

café à la canette — matin d'hiver frileux

アメル　ラディヒ　ベント　シャドリー/Amel Ladhibi Bent Chadly
（チュニジア/Tunisia）

冬の朝指に巻きつく風のあり

matin d'hiver — le vent s'enroule entre nos doigts

カリーヌ　コシュト/Karine Cocheteux　（フランス/France）

本物の我を抱きしむ冬の朝

embracing my authentic self — winter morning

バーバラ　オルムタック/Barbara Olmtak　（オランダ/Holland）

冬の朝枯れた薔薇の隠す香り

matin d'hiver — les roses fanées cachent bien leur parfum

ラチダ　ジェルビ/Rachida Jerbi　（チュニジア/Tunisia）

胸弾むいつもの電話冬の朝

your regular calls make me happy — winter morning

ナニ　マリアニ/Nani Mariani　（オーストラリア/Australia）

陽のかけらの甘きコーヒー冬の朝

matin d'hiver — sucrer mon café avec un morceau de soleil

フーテン　フルチ/feten.fourti　（チュニジア/Tunisia）

冬の朝二枚の枝葉寄り添ひぬ

winter morning — two leaves in an embrace on a bare branch

レフィカ　デディック/Refika Dedić　（ルーマニア/Romania）

白々と山の輪郭冬の朝

winter sunrise — the outline of the mountains sprinkled with white
alba invernale — il profilo dei monti spruzzati di bianco

アンジェラ　ジオルダーノ /Angela Giordano　（イタリア /Italy）

クリスタルのごと輝く冬の朝

an offering of bright crystals — winter morning

クリスティーナ　マルタン /Christina Martin　（フランス /France）

窓辺には雨のカーテン冬の朝

matin d'hiver — des rideaux de pluie à mes fenêtres
winter morning — curtains of rain at my windows

マリー　フランス　エヴラール /Marie France Evrard　（ベルギー /Belgium）

冬の夜 ［ふゆのよ・fuyunoyo］

winter night / nuit d'hiver

It is said "cold night", "midnight winter", too. Winter nights are cool and the air is clear, the stars and the moon look beautiful.

冬の夜や突風夢を追ひ払ひ

nuit d'hiver — le vent en rafales chasse mes rêves

アンヌ‐マリー　ジュベール‐ガヤール /Anne-Marie Joubert-Gaillard
（フランス /France）

冬の夜や布団の下の甘き夢

rêves doux sous la couette — nuit d'hiver

アンヌ‐マリー　ジュベール‐ガヤール /Anne-Marie Joubert-Gaillard
（フランス /France）

アルペジオに我らの声や冬の夜

nuit d'hiver — sur un papier d'arpèges l'harmonie de nos voix

ジゼル　エヴロット /Gizele Evrot　（フランス /France）

冬の夜や砂漠に包まれてをりぬ

nuit d'hiver — les dunes de sable m'entourent

アブダラ　ハジイ /Abdallah Hajji　（モロッコ /Morocco）

静けさや遠くを見遣る冬の夜

winter night — looking far away in the silence
notte d'inverno — guardando lontano nel silenzio.

ダニエラ　ミッソ /Daniela Misso　（イタリア /Italy）

かんばせに月の温みや冬の夜

winter night — warmth of the moonlight in my face

キンベリー　オルムタック /Kimberly Olmtak　（オランダ /Holland）

寒き世にぬくき心や冬の夜

nuit d'hiver — cœur chaud dans un monde froid

スアド　ハイリ /Souad Hajri　（チュニジア /Tunisia）

冬の夜や本とコーヒー友にして

nuit d'hiver — livre et café mes compagnons de longue date

スアド　ハイリ /Souad Hajri　（チュニジア /Tunisia）

ティーポットに猫のいびきや冬の夜

winter evenings — the cat snoring at the hot teapot

ミレラ　デゥマ /Mirela Duma　（ルーマニア /Romania）

甘えたる君のぬくもり冬の夜

winter nights — pampered by the warmth of your arms
nopți de iarnă — răsfățata de căldura brațelor tale

ミレラ　デゥマ /Mirela Duma　（ルーマニア /Romania）

冬の夜のしじまに響く怒濤かな

roaring waves between silence — winter night

クリスティーナ　チン /Christina Chin　（マレーシア /Malaysia）

カップ置き紫煙広がる冬の夜

winter night — smoke spreads from the cup and his mouth

マフィズディン　チュードハリー /Mafizuddin Chowdhury　（インド /India）

冬の夜やわくわくしつつ雪を見ぬ

watching snowfall with breathless delight — winter night

バーバラ　オルムタック /Barbara Olmtak　（オランダ /Holland）

冬の夜のキルトが君の手のひらに

winter night — a quilt in your palm
nuit d'hiver — une courtepointe dans votre paume

プロビール　グプタ /Probir Gupta　（インド /India）

何処より救急車の音冬の夜

winter night — in the distance the sound of an ambulance

エヴァ　スー /Eva Su　（インドネシア /Indonesia）

炊煙に故郷を思ふ冬の夜

winter evening — smoke from the chimney calls me home
sera d'inverno — il fumo del camino mi chiama a casa

ポール　カルス /Paul Callus　（マルタ /Malta）

冬の夜やいびき句点を打つ不眠

nuit d'hiver — mon insomnie ponctuée par leurs ronflements

フーテン　フルチ /feten.fourti　（チュニジア /Tunisia）

冬の夜や僧侶の腕は空を抱き

nuit d'hiver — les bras du moine s'ouvrent à la porte du ciel

アブダラ　ハジイ /Abdallah Hajji　（モロッコ /Morocco）

寒き夜星は心を温むる

fredda la notte — solo una stella scalda il mio cuore
froid la nuit — seule une étoile réchauffe mon cœur

ジーナ　ボナセーラ /Gina Bonasera　（イタリア /Italy）

冬の夜の絵本に戻る王子様

a prince returning to the picture book — winter night

中野千秋 /Nakano Chiaki　（日本 /Japan）

暖炉には薪と寓話や冬の夜

winter evening — as many tales as wood in the fireplace
soir d'hiver — autant de contes que de bois dans la cheminée

向瀬美音 /Mukose Mine　（日本 /Japan）

霜夜 [しもよ・shimoyo]

frost night / nuit gelée

Frost gets down on tough clear cold nights. Even though we are at home, we can feel cold. In the night sky stars look clear, and more shiny. It is about this frosting night.

ぬくき布団猫と寄り添ふ霜夜かな

nuit gelée — une chaleur au lit à la compagnie de mon chat

オルファ　クチュク　ブハディダ /Olfa Kchouk Bouhadida　（チュニジア /Tunisia）

窓辺には蠟燭揺るる霜夜かな

frost night on the window — candle flame

リナ　ダルサ /Rina Darsa　（インドネシア /Indonesia）

霜夜なる窓の涙を消しにけり

nuit gelée — elle efface les larmes de la fenêtre

アメル　ラディヒ　ベント　シャドリー /Amel Ladhibi Bent Chadly
（チュニジア /Tunisia）

湯たんぽに足を乗せたる霜夜かな

cold night — feet on the hot water bottle at the bottom of the bed
nuit froide — les pieds sur la bouillotte au fond du lit

キュディレロ　プリュム /Cudillero Plume　（フランス /France）

木の上に星ぶら下がる霜夜かな

stars suspended above the trees — frost night
stelle sospese sopra gli alberi — notte di gelo

ダニエラ　ミッソ /Daniela Misso　（イタリア /Italy）

世の夢を温める夜霜夜かな

nuit de gel — la nuit couve les rêves du monde

ラチダ　ジェルビ /Rachida Jerbi　（チュニジア /Tunisia）

静かなる孤独の音の霜夜かな

frost night — the silent sound of loneliness

リナ　ダルサ /Rina Darsa　（インドネシア /Indonesia）

霜夜なり亡命したる家族写真

gel d'hiver — dans l'album photo la chaleur rassemble la famille réfugiée

カメル　メスレム /Kamel Meslem　（アルジェリア /Algeria）

ユーカリのぬくき風呂浴ぶ霜夜かな

nuit gelée — un bain chaud à l'eucalyptus avant le coucher

アンヌ‐マリー　ジュベール‐ガヤール /Anne-Marie Joubert-Gaillard
（フランス /France）

コニャックを父と分け合ふ霜夜かな

frost night — sharing father's old cognac

ナッキー　クリスティジーノ /Nuky Kristijino　（インドネシア /Indonesia）

子は母をきつく抱きたる霜夜かな

frost night — the child hugs her mom tightly

マフィズディン　チュードハリー /Mafizuddin Chowdhury　（インド /India）

橋続くアーチの下の霜夜かな

sous l'arche du pont les uns contre les autres — nuit glaciale

ジャン - リュック　ファーヴル /Jean-Luc Favre　（スイス /Suisse）

霜夜なり氷の下にゐる魚

a motionless fish under the ice — frost night

キンベリー　オルムタック /Kimberly Olmtak　（オランダ /Holland）

夢を裂く尖る三日月霜夜かな

nuit glaciale — le croissant aiguisé lacère les rêves

ラチダ　ジェルビ /Rachida Jerbi　（チュニジア /Tunisia）

手に届く星々のある霜夜かな

I reach to touch the stars — cold night

ヴェロニカ　ゾラ /Veronika Zora　（カナダ /Canada）

くちびるにミルクの泡の霜夜かな

frost night — foam of milk on the lip
nuit glaciale — mousse du lait sur mes lèvres

向瀬美音 /Mukose Mine　（日本 /Japan）

晩冬 [ばんとう・banto]

end of winter / fin de l'hiver

Around January of the lunar calendar. The last month of winter. We feel the cold winter and also feel arrival of spring.

晩冬や河岸に鳥戻り来て

fin de l'hiver — sur la rive d'en face le retour d'oiseaux

カメル　メスレム /Kamel Meslem　（アルジェリア /Algeria）

晩冬や遠き過去より続く愛

love — from her distant past end of winter wind

クリスティーナ　チン /Christina Chin　（マレーシア /Malaysia）

公園をめぐる思ひ出末の冬

end of winter — stroll in the park my old memories

エヴァ　スー /Eva Su　（インドネシア /Indonesia）

晩冬や雲のなき真つ青の空

dernier jour d'hiver — le ciel vide de ses nuages

カメル　メスレム /Kamel Meslem　（アルジェリア /Algeria）

寒し [さむし・samushi]

cold / froid

We feel cold. Also used when you are psychologically cold or ill.

靴下に穴あいてゐる寒さかな

coldness — a hole in my sock

リナ　ダルサ /Rina Darsa　（インドネシア /Indonesia）

ことさらに抱擁ほしき寒さかな

cold — missing more than ever a hug

ミレラ　ブライレーン /Mirela Brailean　（ルーマニア /Romania）

小鳥来て一枝揺るる寒落暉

little birds come and a branch swaying — cold sunset

タンポポ　アニス /Tanpopo Anis　（インドネシア /Indonesia）

荒びたる寒き心に京言葉

my cold heart — softness of Kyoto dialect
mon cœur glacé — douceur du dialecte de Kyoto

向瀬美音 /Mukose Mine　（日本 /Japan）

大晦日 ［おおみそか・omisoka］

New Year's Eve / le dernier jour de l'année

«Last day of the month» is also written as «thirty days», the thirtieth day of the
month. It says the last day of the month. "New Year's Eve" is 31st December.

大晦日言の葉の橋渡りけり

dernier jour de l'année — je traverse un pont de mots

ファビオラ　マラー /Fabiola Marlah　（モーリシャス /Mauritius）

香り良きお茶に癒され大晦日

a scented tea refreshing my thoughts — New Year's Eve

ダニエラ　ミッソ /Daniela Misso　（イタリア /Italy）

大晦日窓に一息かけてみる

fin d'année — un dernier souffle sur les vitres

ソニア　ベン　アマール /Sonia Ben Amar　（チュニジア /Tunisia）

大晦日また向き合つて願ひごと

last day of the year — returning of postponed wishes

アドニ　シザー /Adoni Cizar　（シリア /Syria）

白き除日蠟燭終の時燃やす

blanc réveillon — les chandelles brûlent les dernières heures

ジゼル　エヴロット /Gisèle Evrot　（フランス /France）

子は鳥を追つて近づく大晦日

dernier jour de l'année — l'enfant s'approche faisant fuir les oiseaux

カメル　メスレム /Kamel Meslem　（アルジェリア /Algeria）

稚児の歯の生え始めたる大晦日

dernier jour de l'année — apparition de la première dent de mon bébé

オルファ　クチュク　ブハディダ /Olfa Kchouk Bouhadida　（チュニジア /Tunisia）

近くよりトランペットや大晦日

neighborhood — sound of trumpets on New Year's Eve

ナッキー　クリスティジーノ /Nuky Kristijino　（インドネシア /Indonesia）

大晦日母の編みたるセーターを

last day of the year — I put on a sweater knitted by mom
dernier jour de l'année — j'enfile un chandail tricoté par maman

キュディレロ　プリュム /Cudillero Plume　（フランス /France）

大晦日客人のためやかんかけ

new year's eve — I put on the kettle to welcome my guest

ポール　カルス /Paul Callus　（マルタ /Malta）

大晦日ヘリオトロープ冬の香を

dernier jour de l'année — le parfum d'hiver des héliotropes

フランソワーズ　デニオ - ルリエーヴル /Françoise Deniaud-Lelièvre
（フランス /France）

大晦日遠くの友と長電話

new year's eve — a long distance call from an old friend

リナ　ダルサ /Rina Darsa　（インドネシア /Indonesia）

凍つ ［いつ・itsu］

to freeze / geler

Freezing things due to cold. Rivers, lakes, indoor flowers also freeze.

凍る池我が歩は月を壊しけり

marais gelés — mes pas brisent la lune

アブダラ　ハジイ /Abdallah Hajji　（モロッコ /Morocco）

凍つる朝日輪はまたやつて来る

gelées — le soleil est prêt à revenir

エウジェニア　パラシヴ /Eugénia Paraschiv　（ルーマニア /Romania）

枝につく霜の結晶凍つる風

Freezing — frost crystals on bare branches

ローザ　マリア　ディ　サルヴァトーレ /Rosa Maria Di Salvatore
（イタリア /Italy）

凍つる夜のグラスの氷音たてて

frozen night — the ice in my glass is ringing

ザヤ　ユーカナ /Zaya Youkhanna　（オーストラリア /Australia）

凍えたる空気に愛の言葉かな

deep freeze — your loving words warm up the air

モナ　ヨーダン /Mona Iordan　（ルーマニア /Romania）

凍つる風生え変はりたる犬の毛よ

vent froid d'hiver — les nouveaux poils du chien

ジャニン　シャルメトン /Jeanine Chalmeton　（フランス /France）

冴ゆ [さゆ・sayu]

clear transparent / clair transparent

Feeling frozen and cold, as if the cold is hard and tramsparent for everything.

ゆりかごに微笑む赤子冴ゆる夜

clear transparent — the smile of a baby in the cradle

ザヤ　ユーカナ /Zaya Youkhanna　（オーストラリア /Australia）

静寂は言葉を持ちて冴ゆる風

silence speaks a language clearly understood — clear transparant

バーバラ　オルムタック /Barbara Olmtak　（オランダ /Holland）

寒の入 [かんのいり・kannoiri]

**beginning of the coldest season /
commencement de la période des grands froids**

It is the beginning of coldest days in the year. The most severe period of the year.
Around 6th January, about 30days from this day until the beginning of spring is
called "the cold".

熱々の赤きスープや寒の入

beginning of coldest season — the smell of hot red soup

リナ　ダルサ /Rina Darsa　（インドネシア /Indonesia）

君の嘘知つてしまひて寒に入る

the start of the coldest season — when I found out you were dishonest

ナニ　マリアニ /Nani Mariani　（オーストラリア /Australia）

マッチ売りの少女を思ふ寒の入

Andersen and the little matches seller girl — the beginning of the coldest season

アナ　メダ /Anna Meda　（イタリア /Italy）

大寒 ［だいかん・daikan］

the coldest time of the year / grand froid

One of the 24 solar terms. Around 21st January, it is severe from around this time until the beginning of spring.

歩行者に家開きたり寒がはり

grand froid — la maison ouverte aux passants

カメル　メスレム /Kamel Meslem　（アルジェリア /Algeria）

大寒や鳥にパン屑集めたる

grand froid — je rassemble des miettes pour les oiseaux

カメル　メスレム /Kamel Meslem　（アルジェリア /Algeria）

大寒や厨に家族集まりて

the family brewing in the kitchen — major cold

キンベリー　オルムタック /Kimberly Olmtak　（オランダ /Holland）

大寒や乗客のなき列車ゆき

a passing train all seats empty — major cold

キンベリー　オルムタック /Kimberly Olmtak　（オランダ /Holland）

大寒や物乞の手に何もなき

a beggar's empty hands — the coldest time of the year

ヴェロニカ　ゾラ /Veronika Zora　（カナダ /Canada）

大寒や凍つた月は粉々に

big cold — the moon shatters in the bucket of frozen water
grande freddo — la luna si frantuma nel secchio d'acqua gelata

アンジェラ　ジオルダーノ /Angela Giordano　（イタリア /Italy）

極寒や小さき刃が顔を刺す

polar cold — the face pierced by small blades
freddo polare — il volto trafitto da piccole lame

アンジェラ　ジオルダーノ /Angela Giordano　（イタリア /Italy）

大寒や暖を求めて蝶の来て

cold temperature — a butterfly seeks the warmth of my home

ポール　カルス /Paul Callus　（マルタ /Malta）

大寒や寄り添ふ金と銀の猫

cold temperature — reddish cat sticks to silver cat
froid glacial — chats roux et argent collés

向瀬美音 /Mukose Mine　（日本 /Japan）

大寒のひとかたまりを分けゆきぬ

cold temperature — going into the crowd
froid glacial — ja m'enfonce dans la foule

向瀬美音 /Mukose Mine　（日本 /Japan）

三寒四温 [さんかんしおん・sankanshion]

**a cycle of three cold days and four warm days /
cycle de trois jours froids et quatre jours chauds**

It is a weather phenomenon near spring. The weather changes every seven days.
After three cold days four warm days.

復興の始まる三寒四温かな

three cold days and four warm days — the beginning of recovery

ミレラ　ブライレーン /Mirela Brailean　（ルーマニア /Romania）

厳寒 [げんかん・genkan]

severe cold / grand froid

The severe cold of winter. The strong north wind continues, the cold weather
becomes even more severe, and in northern countries, it pierces the body and mind.

口ごもりたる噴水や寒きびし

grand froid hivernal — le goulot de la fontaine bégaie

ジャン - リュック　ファーヴル /Jean-Luc Favre　（スイス /Suisse）

厳寒や月は伴侶を待つてをり

dans le froid de l'hiver — la lune attend sa moitié

スアド　ハイリ /Souad Hajri　（チュニジア /Tunisia）

厳寒や曇る窓に描く陽の跡

grand froid — il coule lentement le soleil dessiné sur la vitre embuée

スアド　ハイリ /Souad Hajri　（チュニジア /Tunisia）

厳寒や樹々は太陽嘆きをり

hiver dur — les arbres pleurent leur soleil

カメル　メスレム /Kamel Meslem　（アルジェリア /Algeria）

厳寒や静かに空を探る猛禽

> froid glacial — l'oiseau de proie en silence fouille le ciel
>
> ナディン　レオン /Nadine Léon　（フランス /France）

厳冬や香り立ちたる焼林檎

> inverno — il profumo delle mele cotte
>
> ステファニア　アンドレオニ /Stefania Andreoni　（イタリア /Italy）

日脚伸ぶ ［ひあしのぶ・hiashinobu］

day getting longer / le jour s'allonge

The daytime is getting longer little by little. By the end of January, you may feel that the daytime has become longer. The buds of winter trees gradually expand, and you feel that spring is approaching.

日脚伸ぶ心に秘めし詩の言葉

> le jour s'allonge — elle enferme ses mots dans un poème
>
> アメル　ラディヒ　ベント　シャドリー /Amel Ladhibi Bent Chadly
> （チュニジア /Tunisia）

石垣を登る枯蔦日脚伸ぶ

> le jour rallonge — le lierre escalade le muret des voisines
>
> ラチダ　ジェルビ /Rachida Jerbi　（チュニジア /Tunisia）

日脚伸ぶ地平線の傷の深き

> si profonde la cicatrice à l'horizon — le jour s'allonge
>
> アメル　ラディヒ　ベント　シャドリー /Amel Ladhibi Bent Chadly
> （チュニジア /Tunisia）

書斎には自然の光日脚伸ぶ

> lumière naturelle au bureau — la journée s'allonge
> lumina naturală la masa de scris — ziua devine tot mai lungă
>
> マリン　ラダ /Marin Rada　（ルーマニア /Romania）

日脚伸ぶ外の空気の清々し

day getting longer — the smell of fresh air outside

アストリッド　オルムベルグ /Astrid Olmberg　（オランダ /Holland）

出会ふ前のこと語りて日脚伸ぶ

day getting longer — we share the memories of before our meeting
le jour s'allonge — on partage les souvenirs d'avant notre rencontre

ハッサン　ゼムリ /Hassane Zemmouri　（アルジェリア /Algeria）

日脚伸ぶ我の歩幅の伸びにけり

le jour s'allonge — mon pas aussi

アンヌ－マリー　ジュベール－ガヤール /Anne-Marie Joubert-Gaillard
（フランス /France）

日脚伸ぶ新婦の引き裾のドレス

le jour s'allonge — très belle la mariée dans sa robe à traîne

スアド　ハイリ /Souad Hajri　（チュニジア /Tunisia）

再びの絵筆をとりて日脚伸ぶ

I resume my passion for drawing — longer days
riprendo la passione per il disegno — giorni più lunghi

アンジェラ　ジオルダーノ /Angela Giordano　（イタリア /Italy）

日脚伸ぶアンソロジーを読む露台

day getting longer — read our anthology on the balcony

ナニ　マリアニ /Nani Mariani　（オーストラリア /Australia）

枝先に生の突出日脚伸ぶ

le jour s'allonge — au bout de la branche une saillie de vie

ジゼル　エヴロット /Gisèle Evrot　（フランス /France）

日脚伸ぶ紅茶に入れる陽の光

day getting longer — piece of the sun in my tea
le jour s'allonge — morceau de lumière dans mon thé

向瀬美音 /Mukose Mine　（日本 /Japan）

春を待つ ［はるをまつ・haruwomatsu］

waiting for spring / attendre le printemps

The long and severe winter drops by one stage, and the feeling of waiting for the new season is strengthened sometimes even in the cold. Spring is coming soon, we feel the desire that it comes.

待春の最先端のファッション誌

latest fashion magazines at bookstores — waiting for spring

タンポポ　アニス /Tanpopo Anis　（インドネシア /Indonesia）

消去して加へるリスト春を待つ

erase and add the list of plans — waiting for spring

タンポポ　アニス /Tanpopo Anis　（インドネシア /Indonesia）

待春や未だ希望をくれる詩

waiting for spring — poetry still giving me hope
en attendant le printemps — la poésie me donne encore de l'espoir

ハッサン　ゼムリ /Hassane Zemmouri　（アルジェリア /Algeria）

待春や心の内に涙あり

des larmes sur les parois de son cœur — elle attend le printemps

アメル　ラディヒ　ベント　シャドリー /Amel Ladhibi Bent Chadly
（チュニジア /Tunisia）

鳥は巣を夢に見ながら春を待つ

waiting for spring — birds dream about their nests

ザヤ　ユーカナ /Zaya Youkhanna　（オーストラリア /Australia）

花柄のスカート揺らし春を待つ

floral skirt — waiting for the spring
gonna a fiori — in attesa della primavera

アンジェラ　ジオルダーノ /Angela Giordano　（イタリア /Italy）

春を待つ窓の近くに揺り椅子を

waiting for spring — the rocking chair closer to the window
aşteptând primăvara — balansoarul mai aproape de fereastră

ミレラ　ブライレーン /Mirela Brailean　（ルーマニア /Romania）

待春や日々のリストの多様なる

waiting for spring — to do lists come in all shapes and sizes

エヴァ　スー /Eva Su　（インドネシア /Indonesia）

待春やどの部屋も持つ季節の花

en attendant le printemps — fleurs de saison dans chaque chambre
aşteptând primăvara — flori de sezon în fiecare cameră

マリン　ラダ /Marin Rada　（ルーマニア /Romania）

待春や再び簞笥覗きをり

en attendant le printemp — je revisite mon armoire

スアド　ハイリ /Souad Hajri　（チュニジア /Tunisia）

乾きたる枯れ木を洗ひ春を待つ

en attendant le printemps — nettoyer les arbres des branches sèches
aşteptând primăvara — curăţarea arborilor de ramuri uscate

マリン　ラダ /Marin Rada　（ルーマニア /Romania）

庭椅子の錆を引つかき春を待つ

attendant le printemps — gratter la rouille de la chaise de jardin

ラチダ　ジェルビ /Rachida Jerbi　（チュニジア /Tunisia）

手から手に伝ふ冷たさ春を待つ

> en attendant le printemps — le froid passe d'une main à l'autre
> în aşteptarea primăverii — frigul trece dintr-o mână în alta

マリン　ラダ/Marin Rada　（ルーマニア/Romania）

春を待つ家を隈なく掃除して

> awaiting the spring — thorough cleanup all over the house

モナ　ヨーダン/Mona Iordan　（ルーマニア/Romania）

春を待つ百歳になる我が祖母よ

> granny's 100th birthday — waiting for spring

タンポポ　アニス/Tanpopo Anis　（インドネシア/Indonesia）

待春や恋人の文読み返し

> rereading her lover's letter — waiting for spring

アドニ　シザー/Adoni Cizar　（シリア/Syrie）

カナリアの鳴き声新た春を待つ

> waiting for spring — new notes in the canary's song
> aşteptând primăvara — note noi în cântecul canarului

ミレラ　ブライレーン/Mirela Brailean　（ルーマニア/Romania）

待春や雲は新たな季節へと

> cold clouds drifting to new season — waiting for spring

キンベリー　オルムタック/Kimberly Olmtak　（オランダ/Holland）

待春や空は悲しみ放ちたる

> attente du printemps — le ciel déverse toute sa tristesse

イザベル　カルヴァロ　テールス/Isabelle Carvalho Teles　（フランス/France）

待春や小舟の中に四羽の鷗

quatre goélands sur la barque flottant — Attente du printemps

アブダラ　ハジイ /Abdallah Hajji　（モロッコ /Morocco）

鳥達は小枝を運び春を待つ

birds carrying budded twigs on the journey — waiting for spring

キンベリー　オルムタック /Kimberly Olmtak　（オランダ /Holland）

待春や植物図鑑めくりつつ

waiting for spring — I turn over a flowers book
je feuillette un livre de fleurs — en attendant le printemps

向瀬美音 /Mukose Mine　（日本 /Japan）

春近し [はるちかし・haruchikashi]

near spring / bientôt le printemps

The cold weather has passed the peak, We feel spring is about to come.

春近し洗礼受くる子の泣いて

sunday near spring — the crying sound of infant baptism

タンポポ　アニス /Tanpopo Anis　（インドネシア /Indonesia）

川音の澄みたる響き春隣

the sound of the river becomes clearer — near spring

タンポポ　アニス /Tanpopo Anis　（インドネシア /Indonesia）

木の抱擁放ちたる愛春近し

accolade des branches — bientôt le printemps, amour exalté

フーテン　フルチ /feten.fourti　（チュニジア /Tunisia）

春近し戻つて来る鳥の声

return of the lost birdsong — near spring

シウ　ホング‐イレーヌ　タン /Siu Hong-Irene Tan　（インドネシア/Indonesia）

春近し蝶々のゐる寺の庭

near spring — a butterfly on the temple yard

ザヤ　ユーカナ /Zaya Youkhanna　（オーストラリア/Australia）

木の芽はや枝に見えたり春近し

presque le printemps — les bourgeons sont déjà visibles sur les branches
aproape primăvară — deja pe ramuri se văd mugurii

マリン　ラダ /Marin Rada　（ルーマニア/Romania）

春近し空はだんだん青くなる

bientôt le printemps — le ciel vire petit à petit vers le bleu

オルファ　クチュク　ブハディダ /Olfa Kchouk Bouhadida　（チュニジア/Tunisia）

春近しトーンの変はる小夜鳴鳥

near spring — the nightingale tone is different

ザヤ　ユーカナ /Zaya Youkhanna　（オーストラリア/Australia）

初めてのスノードロップ春近し

near spring — the first snowdrops
aproape primăvară — primii ghiocei

ミレラ　ブライレーン /Mirela Brailean　（ルーマニア/Romania）

池の土手花咲き始め春近し

bientôt le printemps — les berges fleuries de l'étang

カメル　メスレム /Kamel Meslem　（アルジェリア/Algeria）

春近し隣人の腹丸くなり

bientôt le printemps — le ventre de ma voisine s'arrondit

フランソワーズ　モリス /Françoise Maurice　（フランス /France）

春近し茂みにひらり赤きもの

a flutter of red swoops past the bush — near spring

クリスティーナ　チン /Christina Chin　（マレーシア /Malaysia）

やはらかく滑らかな枝春近し

branches of trees turning soft and smooth — near spring

プロビール　グプタ /Probir Gupta　（インド /India）

春近し色合ひのある雪の中

a tinge of colour in the snow — near spring

ナッキー　クリスティジーノ /Nuky Kristijino　（インドネシア /Indonesia）

春近し苔の上に少しの雪

bientôt le printemps — sur la mousse s'accroche un peu de neige

フランソワーズ　ガブリエル /Françoise Gabrielle　（ベルギー /Belgium）

春近し蝶は今ごろ何処にゐる

where are the butterflies? — near spring

リナ　ダルサ /Rina Darsa　（インドネシア /Indonesia）

春近し色彩溢るバスケット

provide a basket of beautiful colors — near spring

ナニ　マリアニ /Nani Mariani　（オーストラリア /Australia）

豆畑に黒白の蝶春近し

les papillons noirs et blancs dans le champ de haricots — bientôt le printemps

アブダラ　ハジイ /Abdallah Hajji　（モロッコ /Morocco）

春隣なべて花の香匂ひ立つ

annonce de printemps — les corolles des fleurs parfument

マリン　ラダ /Marin Rada　（ルーマニア /Romania）

春近し天地に妖精舞ひにけり

entre ciel et terre les fées font de la dentelle — le printemps approche

ミシェル　ティルマン /Michelle Tilman　（ベルギー /Belgium）

感覚の錆を落として春近し

je dérouille mes sens — bientôt le printemps

フーテン　フルチ /feten,fourti　（チュニジア /Tunisia）

春近しまづ姿見を買ひにけり

spring is approaching — purchase of a large mirror
d'abord achat d'un grand miroir — bientôt le printemps

向瀬美音 /Mukose Mine　（日本 /Japan）

春近し大西洋より句集くる

spring is approaching — collection of poems from the Atlantic
le printemps approche — un recueil venant de l'atlantique

向瀬美音 /Mukose Mine　（日本 /Japan）

天文

[てんもん・tenmon] astronomy / astronomie

冬晴 ［ふゆばれ・fuyubare］

winter good weather / beau temps d'hiver

It is a clear weather with severe coldness. The air has low humidity, and it is clear. The temperature feeling is lower than in winter sun.

寒晴や陽に光りたるイヤリング

> claire journée d'hiver — l'éclat des boucles d'oreilles au soleil
>
> ソニア　ベン　アマール /Sonia Ben Amar　（チュニジア /Tunisia）

寒晴や坂滑る子の赤き頬

> sunny frosty day — the rosy cheeks of children sliding downhill
>
> モナ　ヨーダン /Mona Iordan　（ルーマニア /Romania）

冬晴れや空は真白と青纏ひ

> beau temps d'hiver — le ciel habillé en bleu et blanc
>
> スアド　ハイリ /Souad Hajri　（チュニジア /Tunisia）

しろがねのクルス天へと冬日和

> sunny frosty day — silver cross sticks the sky
> claire journée d'hiver — croix d'argent perce au ciel
>
> 向瀬美音 /Mukose Mine　（日本 /Japan）

冬の空 ［ふゆのそら・fuyunosora］

winter sky / ciel d'hiver

On Pacific side, there are many days with cold bue sky, while on Japan Sea side, there are many days with thick snow clouds.

冬空に光を纏ふ馬走る

> sur ciel d'hiver — un cheval court habillé de lumière
>
> スアド　ハイリ /Souad Hajri　（チュニジア /Tunisia）

冬の空山はうとうとしてをりぬ

ciel d'hiver — la montagne s'assoupie

ファビオラ　マラー /Fabiola Marlah　（モーリシャス /Mauritius）

冬の空君の瞳の蒼きこと

winter sky — the deep blue of your eyes

ミレラ　ブライレーン /Mirela Brailean　（ルーマニア /Romania）

ノスタルジーに溢るる道や冬の空

vide hivernal — des chemins pleins de nostalgie

ソニア　ベン　アマール /Sonia Ben Amar　（チュニジア /Tunisia）

冬の空高く願ひを言ひにけり

ciel d'hiver — formuler haut un vœu clair

フーテン　フルチ /feten.fourti　（チュニジア /Tunisia）

冬の空パッチワークのキルトかな

the patchwork quilt of my grandma — winter sky

ダニエラ　ミッソ /Daniela Misso　（イタリア /Italy）

囚はるるグレーの思考冬の空

ciel d'hiver — prisonnières du gris mes pensées
cielo invernale — prigionieri del grigio i miei pensier

カルメン　バスキエリ /Carmen Baschieri　（イタリア /Italy）

冬の月 ［ふゆのつき・fuyunotsuki］

winter moon / lune d'hiver

Although it is the moon through the four seasons, in «winter moon», there is a psychological expression due to cold, and a desolation feeling of loneliness. There will be a thought that everyone can shake the heart of the moonlight until the clouds are blown away.

三つ編みに白髪のありぬ冬の月

lune d'hiver — un cheveu blanc emprisonné dans ma tresse

ナディン　レオン / Nadine Léon　（フランス / France）

一人ゆく川沿ひの道冬の月

alone hanging out on the river bank — winter moon

エヴァ　スー / Eva Su　（インドネシア / Indonesia）

君の目に映るさよなら冬の月

in your eyes the moon and goodbye — winter on him
nei tuoi occhi la luna ed un addio — l'inverno addosso

アンジェラ　ジオルダーノ / Angela Giordano　（イタリア / Italy）

氷りたる彼女の視線冬の月

her stoic gaze like a frozen lake — winter moon

バーバラ　オルムタック / Barbara Olmtak　（オランダ / Holland）

スパイスの利いたパンの香冬の月

lune d'hiver — dans la cuisine flotte un parfum de pain d'épices

フランソワーズ　デニオ - ルリエーヴル / Françoise Deniaud-Lelièvre
（フランス / France）

冬の月真心込めて書く手紙

lune d'hiver — une lettre écrite avec le cœur

エウジェニア　パラシヴ / Eugénia Paraschiv　（ルーマニア / Romania）

冬の月涙目をしたピエロかな

teary-eyed pierrot — winter moon

バーバラ　オルムタック /Barbara Olmtak （オランダ /Holland）

灯台に帰りくる船冬の月

lune d'hiver — le phare au retour des pêcheur

アブダラ　ハジイ /Abdallah Hajji （モロッコ /Morocco）

冬の月部屋中満たす光かな

winter moon — all her light in my room

フランチェスコ　パラディノ /Francesco Palladino （イタリア /Italy）

冬の月孤独のゆりかごの深さ

berceau de solitude — la lune d'hiver épie la profondeur

ジゼル　エヴロット /Gisèle Evrot （フランス /France）

彼もまた持つ井戸深し冬の月

winter moon — his well is also deep
lune d'hiver — son puits est aussi profond

向瀬美音 /Mukose Mine （日本 /Japan）

寒月 ［かんげつ・kangetsu］

cold moon / lune froide

Moon fully in the sky in harsh cold. On the night of cold moon near the full moon, the cold light of the moon falls.

寒月や忙しく歩く我の影

cold moon — the shadow of my hasty footsteps on the pavement
luna fredda — l'ombra dei miei passi frettolosi sul selciato

アンジェラ　ジオルダーノ /Angela Giordano （イタリア /Italy）

寒月や街は静まり返りたる

  cold moon — the silence of the city

　　　　　　　　　ミレラ　ブライレーン /Mirela Brailean　（ルーマニア /Romania）

寒月や港の灯台の光

  cold moon — the lights of the lighthouse at the entrance to the port
  lune froide — les lumières du phare à l'entrée du port

　　　　　　　　　キュディレロ　プリュム /Cudillero Plume　（フランス /France）

寒月の暖炉におとぎ話かな

  luna fredda — le favole al calore del caminetto

　　　　　　　　　ジーナ　ボナセーラ /Gina Bonasera　（イタリア /Italy）

全て枯れ寒月の背の薔薇の刺青

  toute fanée — la rose tatouée sur le dos de la lune d'hiver

　　　　　　　　　スアド　ハイリ /Souad Hajri　（チュニジア /Tunisia）

玄関をノックする音寒の月

  cold moon — knocking sounds at the main door

　　　　　　　　　マフィズディン　チュードハリー /Mafizuddin Chowdhury　（インド /India）

寒月や井戸の底ひに銀のコイン

  cold moon — silver coin in the well
  lune froide — pièces d'argent inférieure des puits

　　　　　　　　　向瀬美音 /Mukose Mine　（日本 /Japan）

冬三日月 ［ふゆみかづき・fuyumikazuki］

crescent moon of winter / croissant d'hiver

Crescent moon in winter. There is a sharp impression on the crescent moon.

冬三日月引いてゆく海見てをりぬ

crescent moon of winter — I watch the receding sea
luna crescente d'inverno — guardo il mare che si allontana

ポール　カルス /Paul Callus　（マルタ /Malta）

冬三日月黄昏時の海揺れて

crescent moon of winter — swaying of the sea at dusk
luna crescente d'inverno — dondolio del mare al crepuscolo

ダニエラ　ミッソ/Daniela Misso　（イタリア /Italy）

冬三日月歌に鎌の刃研がれゆく

winter crescent moon — harvest songs sharpen blades of sickles

マフィズデイン　チュードハリー /Mafizuddin Chowdhury　（インド /India）

氷山に冬の三日月かかりけり

beyond the tip of the iceberg — crescent moon of winter

バーバラ　オルムタック /Barbara Olmtak　（オランダ /Holland）

冬三日月蜂は採餌を続けをり

croissant de lune d'hiver — un bourdon butine encore

フランソワーズ　デニオ - ルリエーヴル /Françoise Deniaud-Lelièvre
（フランス /France）

冬三日月これより仕事始まりぬ

croissant de lune d'hiver — le début de travail

エウジェニア　パラシヴ /Eugénia Paraschiv　（ルーマニア /Romania）

冬三日月皆に希望を送りつつ

crescent moon of winter — sending promises of hope

アストリッド　オルムベルグ /Astrid Olmberg　（オランダ /Holland）

冬三日月大地の叡智ここにある

earth's wisdom safely stored — crescent moon of winter

バーバラ　オルムタック /Barbara Olmtak　（オランダ /Holland）

冬の星 ［ふゆのほし・fuyunohoshi］

winter stars / étoiles d'hiver

The stars seen in winter are clear, because the air is clear. For example, you can see the shape of Orion constellation clearly.

冬の星眠りいざなふやはき歌

etoiles d'hiver — une chanson douce pour m'endormir

イザベル　カルヴァロ　テールス /Isabelle Carvalho Teles　（フランス /France）

冬の星パヴァロッティのテノールよ

the celestial tenor voice of Pavarotti — winter stars

キンベリー　オルムタック /Kimberly Olmtak　（オランダ /Holland）

難破船無事に戻りて冬の星

winter stars — safety arrival of the lost ship

マフィズディン　チュードハリー /Mafizuddin Chowdhury　（インド /India）

冬の星池に宝石輝けり

twinkling gems over the pond — winter stars
gemme scintillanti sopra il laghetto — stelle invernali

ダニエラ　ミッソ /Daniela Misso　（イタリア /Italy）

首筋にダイヤ輝く冬の星

> winter stars — a diamond necklace on the neckline
> stelle d'inverno — una collana di diamanti sulla scollatur

> デニス　カンバロ /Dennis Cambarau　（イタリア /Italy）

唐松は白を纏ひて冬の星

> étoiles d'hiver — les épicéas vêtus de blanc

> フランソワーズ　デニオ - ルリエーヴル /Françoise Deniaud-Lelièvre
> （フランス /France）

冬の星数へ切れない神の愛

> winter stars — countless God's love

> タンポポ　アニス /Tanpopo Anis　（インドネシア /Indonesia）

小川にはまばゆき光冬の星

> winter stars — glittering lights in the stream

> マフィズディン　チュードハリー /Mafizuddin Chowdhury　（インド /India）

冬のショー今宵は星の物語

> spectacle d'hiver — cette nuit le ciel conte ses étoiles
> winter show — tonight the sky tells its stars

> マリー　フランス　エヴラール /Marie France Evrard　（ベルギー /Belgium）

冬の星いくつか沈め山上湖

> sink into a mountain lake — winter stars

> 中野千秋 /Nakano Chiaki　（日本 /Japan）

天窓に刺繍の如く冬の星

> embroidery on sky light — winter stars
> comme une broderie dans la lucarne — étoiles d'hiver

> 向瀬美音 /Mukose Mine　（日本 /Japan）

冬銀河 ［ふゆぎんが・fuyuginga］

the winter Galaxy / Voie lactée d'hiver

The Milky Way that takes place in the winter night sky. There is a feeling that it is somewhat clear. Slight brightness is weak, unlike the autumn Milky Way.

冬銀河煌めく空に風の音

winter galaxy — in the twinkling sky the howl of wind

クリスティーナ　チン /Christina Chin　（マレーシア /Malaysia）

冬銀河天使の口に願ひの束

voie lactée d'hiver — bouquet de vœux de la bouche d'un ange

フーテン　フルチ /feten,fourti　（チュニジア /Tunisia）

冬銀河恐れの影はなかりけり

winter galaxy — there is no shadow of that fear

ナニ　マリアニ /Nani Mariani　（オーストラリア /Australia）

冬銀河一人の夕餉始まりぬ

voie lactée d'hiver — invitation à un dîner unique

エウジェニア　パラシヴ /Eugénia Paraschiv　（ルーマニア /Romania）

滝のごと友の願ひや冬銀河

voie lactée d'hiver — en cascade les vœux de bonheur de mes amis

ラチダ　ジェルビ /Rachida Jerbi　（チュニジア /Tunisia）

母はまた我が名を忘れ冬銀河

the winter galaxy — mom forgets my name again

ミレラ　ブライレーン /Mirela Brailean　（ルーマニア /Romania）

冬銀河大気に言葉流るる川

Via Lattea d'inverno — fiumi di parole rimaste a mezz'aria

ジーナ　ボナセーラ /Gina Bonasera　（イタリア /Italy）

洪水の川の行方や冬銀河

the river in flood has lost its luster — winter milky way
il fiume in piena ha perso la sua lucentezza — via lattea invernale

アンジェラ　ジオルダーノ /Angela Giordano　（イタリア /Italy）

冬銀河登る12月の妖精

féerie de décembre — j'escalade la voie lactée d'hiver

ラチダ　ジェルビ /Rachida Jerbi　（チュニジア /Tunisia）

長々と続く道のり冬銀河

winter galaxy — procession seen in the long distance

マフィズディン　チュードハリー /Mafizuddin Chowdhury　（インド /India）

ともにゆく道を探さむ冬銀河

winter galaxy — looking for our pass
voie lactée d'hiver — chercher le chemin pour nous

向瀬美音 /Mukose Mine　（日本 /Japan）

冬銀河大きく舵を取りにけり

winter galaxy — I helm firmly
voie lactée d'hiver — je barre fermement

向瀬美音 /Mukose Mine　（日本 /Japan）

冬北斗 [ふゆほくと・fuyuhokuto]

the Great Bear / La Grande Ourse

It is the Great Bear in winter. It goes low in the northeast sky, but as spring approaches it moves to zenith.

七人の勇者の光冬北斗

the Great Bear — the dance with torches of the seven warriors
ursa Mare — dansul cu torțe al celor șapte războinici

ミレラ　ブライレーン /Mirela Brailean　（ルーマニア /Romania）

地球愛す方法は何冬北斗

the Great Bear — taught me how to love Mother Earth

ナニ　マリアニ /Nani Mariani　（オーストラリア /Australia）

冬北斗祖父は星の話をせり

the Great Bear — grandpa tells me the story of every star

ミレラ　ブライレーン /Mirela Brailean　（ルーマニア /Romania）

冬北斗の下の抱擁ななつ星

seven stars hold hands — our first embrace under the Big Dipper
sept étoiles se tiennent par la main — notre première étreinte sous la Grande Ourse

アンヌ‐マリー　ジュベール‐ガヤール /Anne-Marie Joubert-Gaillard
（フランス /France）

寒昴 ［かんすばる・kansubaru］

the Pleiades / les Pléiades

The stars are clearly visible in the winter night sky, but the glow of the Pleiades is particularly impressive.

寒昴娘の光るイヤリング

the Pleiades — my daughter's bright earrings
le pleiadi — i luminosi orecchini di mia figlia

マリア　テレサ　ピラス /Maria Teresa Piras　（イタリア /Italy）

寒昴我々の俳句の言葉

les pléiades — les mots de nos haïkus

ファビオラ　マラー /Fabiola Marlah　（モーリシャス /Mauritius）

寒昴日記に子等の歌光る

Pléiade — dans mon journal rayonne le chant d'écolier

モハメッド　ベンファレス /Mohammed Benfares　（モロッコ /Morocco）

ぱちぱちと音する炭火寒昴

les pléiades — les braises rouges crépitent dans l'âtre

イザベル　カルヴァロ　テールス /Isabelle Carvalho Teles　（フランス /France）

寒昴祖母のダイヤのネックレス

grandma's diamond necklace — the Pleiades
pleiades — la collana di brillanti della nonna

アンジェラ　ジオルダーノ /Angela Giordano　（イタリア /Italy）

寒昴我が存在の重さとは

the Pleiades — what is the weight of my existence
les pléiades — quel est le poids de mon existence

向瀬美音 /Mukose Mine　（日本 /Japan）

国境の近くて遠し寒昴

the Pleiades — boundary is near and far
les pléiades — la frontière est proche et lointaine

向瀬美音 /Mukose Mine　（日本 /Japan）

オリオン ［おりおん・orion］

Orion / Orion

Representative winter constellation. It is the name of a Greek mythological hunter,
and it is seen on the side of the Great Dog and Lesser Dog constellations. Especially
noticeable in the winter southern sky, forming red Betelgeuse, bluish white Rigel, 2
stars diagonally big quadrilateral.

オリオンや花綱枝の上に落ち

Orion — les guirlandes tremblent sur les branches

フランソワーズ　デニオ - ルリエーヴル /Françoise Deniaud-Lelièvre
（フランス /France）

オリオンやダイヤちりばめ錆びた門

diamond drops on a rusty gate — Orion

キンベリー　オルムタック /Kimberly Olmtak　（オランダ /Holland）

オリオン座アップルパイを焼きにけり

Orion — I prepare an apple pie
Orion — je fais une tarte aux pommes

向瀬美音 /Mukose Mine　（日本 /Japan）

シリウス [しりうす・shiriusu]

Sirius / Sirius

Sirius of the Great Dog. Apart from the Sun and the Moon, it is the brightest star visible from the Earth. Comparing that glow to the light of the Great Dog's eye, in ancient China it named "Temp Wolf". Following Orion, it shines like a jewel in the winter sky.

みづうみに映るシリウス松並木

line of pine trees — Sirius mirroring on the lake

リナ　ダルサ /Rina Darsa　（インドネシア /Indonesia）

老人のための焚き木や天狼星

firewood for the elderly — Sirius

シウ　ホング‐イレーヌ　タン /Siu Hong-Irene Tan　（インドネシア /Indonesia）

やつて来し息子や月と天狼星

son's visit — Sirius coming near the moon
vizita fiului — Sirius apropiindu-se de lună

ミレラ　ブライレーン /Mirela Brailean　（ルーマニア /Romania）

あの頃のままの瞳や天狼星

Sirius — in your eyes the same light of the first meeting
Sirio — nei tuoi occhi la stessa luce del primo incontro

アンジェラ　ジオルダーノ /Angela Giordano　（イタリア /Italy）

冬凪 [ふゆなぎ・fuyunagi]

winter calm / calme d'hiver

The calm sea in winter day. The sea in winter is often rough due to the influence of atmospheric pressure in the west high and in the east low, but sometimes we find no winds and waves.

冬凪や暖炉に祈る祖母のゐて

calm in winter — grandma's prayers near the fireplace
calma d'inverno — le preghiere di nonna vicino al camino

マリア　テレサ　ピラス /Maria Teresa Piras　（イタリア /Italy）

冬凪や心の中も静かなる

inner stillness in front of the sea — winter calm
quiete interiore davanti al mare — calma invernale

ダニエラ　ミッソ /Daniela Misso　（イタリア /Italy）

冬凪や雨樋の雨凍りたる

winter calm — freezing raindrops on the gutter

ザヤ　ユーカナ /Zaya Youkhanna　（オーストラリア /Australia）

冬凪や雄鶏三回鳴いてをり

winter calm — the rooster crowed three times

フランチェスコ　パラディノ /Francesco Palladino　（イタリア /Italy）

冬凪や言の葉包むキルティング

winter calm — the softness of padded words
calme d'hiver — la douceur des mots ouatinés

キュディレロ　プリュム /Cudillero Plume　（フランス /France）

冬凪や鷗の守る藁の傘

calme d'hiver — les mouettes contrôlent les parasols de paille

アブダラ　ハジイ /Abdallah Hajji　（モロッコ /Morocco）

冬凪や綿雲にある空の欠片

hiver calme — morceaux de ciel bleu parmi les coussins de nuages

マリン　ラダ /Marin Rada　（ルーマニア /Romania）

冬凪やしじまに包まるる校庭

schoolyards shrouded in silence — winter calm

バーバラ　オルムタック /Barbara Olmtak　（オランダ /Holland）

冬凪や星々さへも不動なる

winter calm — the stilness of the stars

セバスティアン　チオルテア /Sebastian Ciortea　（ルーマニア /Romania）

冬凪や「きよしこの夜」響く家

winter calm — silent night song fills the house

ナッキー　クリスティジーノ /Nuky Kristijino　（インドネシア /Indonesia）

冬凪や雪に差したる月明り

winter calm — moonlight falls over pale lilac snow

ポール　カルス /Paul Callus　（マルタ /Malta）

冬凪や渚に拾ふ虚貝

winter calm — void shells picked up on the beach
calme d'hiver — coquillages vides ramassés sur la plage

向瀬美音 /Mukose Mine　（日本 /Japan）

冬の風 ［ふゆのかぜ・fuyunokaze］

winter wind / vent d'hiver

Wind blowing in winter. There are many north winds and northwest winds. The wind that brings the snow of the side of the Japan Sea, drought to the side of the Pacific Ocean.

冬の風山間を吹く孤独かな

solitude — winter wind blowing between the mountains
solitudine — vento invernale che soffia tra le montagne

ダニエラ　ミッソ/Daniela Misso　（イタリア/Italy）

傷つける言の葉いくつ冬の風

winter wind — words that hurt

ミレラ　ブライレーン/Mirela Brailean　（ルーマニア/Romania）

真夜中の母の祈りや冬の風

winter wind — whispered mother's prayer at midnight

イン　イスマエル/In Ismael　（インドネシア/Indonesia）

空つぽのブランコ揺れて冬の風

winter wind — the swing swings empty
vento d'inverno — l'altalena dondola vuota

マリア　テレサ　ピラス/Maria Teresa Piras　（イタリア/Italy）

冬の風夜の闇に歩の響きたる

le vent d'hiver — le bruit des pas dans l'obscurité de la nuit

マリン　ラダ/Marin Rada　（ルーマニア/Romania）

冬の風ささやくごとく通気孔

susurration — the sound of winter wind

クリスティーナ　チン/Christina Chin　（マレーシア/Malaysia）

犬を抱く老夫の漫画冬の風

> winter wind — in the cartoon an old man hugging his dog
> vento invernale — nel cartone un vecchio abbracciato al suo cane

アンジェラ　ジオルダーノ /Angela Giordano　（イタリア /Italy）

地には枝そして静寂冬の風

> quelques branches par terre et tant de silence — vent hivernal

ソニア　ベン　アマール /Sonia Ben Amar　（チュニジア /Tunisia）

冬の風孤独の中に縮こまる

> vent d'hiver — me blottir dans ma solitude

ファビオラ　マラー /Fabiola Marlah　（モーリシャス /Mauritius）

木枯 [こがらし・kogarashi]

cold winter wind / vent froid d'hiver

The strong north wind telling the arrival of winter. It also has the meaning of blowing down dead tree leaves. The dead leaves blown away follow the path of the wind.

木枯や熱き心をそのままに

> cold winter wind — I can't restrain my hot spirits
> vento freddo invernale — non riesco a frenare i miei bollenti spiriti

アンジェラ　ジオルダーノ /Angela Giordano　（イタリア /Italy）

北風 [きたかぜ・kitakaze]

north wind / vent du nord

Low humidity seasonal wind blowing from China and Siberia in winter. Absorbing sea water abundantly from Japan Sea to bring heavy snow to the mountains in Japan seaside. Pacific Ocean side has low humidity and it is a cold wind.

北風や漁船激しきタンゴかな

vent du nord — le tango endiablé des barques de pêche

ラチダ　ジェルビ /Rachida Jerbi　（チュニジア /Tunisia）

北風や震える煙突の煙

vent du nord — la fumée des cheminées grelotte

ジャン - リュック　ファーヴル /Jean-Luc Favre　（スイス /Suisse）

北風や寒さしじまにぶつかりぬ

vent du Nord — le froid se cogne sur le silence

ジゼル　エヴロット /Gisèle Evrot　（フランス /France）

北風やホームに終の一瞥を

le dernier regard sur le quai de la gare — vent froid d'hiver

ラチダ　ジェルビ /Rachida Jerbi　（チュニジア /Tunisia）

北風や焚き火のそばの寓話かな

cold winter wind — near the fireplace stories of childhood
vento freddo d'inverno — vicino al camino le storie dell'infanzia

デニス　カンバロ /Dennis Cambarau　（イタリア /Italy）

北風や練られた嘘もあるといふ

vent du nord — les mensonges élaborés

アブダラ　ハジイ /Abdallah Hajji　（モロッコ /Morocco）

北風やダックスフンドコート着て

> north wind — the dachshund dog with the coat
> vento del nord — il cane bassotto col cappottino

デニス　カンバロ /Dennis Cambarau　（イタリア /Italy）

北風やドアの閉まりをきつちりと

> north wind — doors with a tightening shift

ラドハマニ　セルマ /Radhamani Sarma　（タイ /Thailand）

隙間風 ［すきまかぜ・sukimakaze］

niche wind / vent d'interstice

The cold wind coming through the gap of the window and the door. Fill the gaps to prevent this.

暖炉には暖炉の音や隙間風

> chaque cheminée joue sa propre partition — vent d'interstice

イザベル　カルヴァロ　テールス /Isabelle Carvalho Teles　（フランス /France）

隙間風雌鹿は小屋に集まりぬ

> vent d'interstice — les brebis se regroupent dans la cabane.

フランソワーズ　デニオ - ルリエーヴル /Françoise Deniaud-Lelièvre
（フランス /France）

隙間風心にひびの入りけり

> vent d'interstice — les fêlures de son cœur

アンヌ - マリー　ジュベール - ガヤール /Anne-Marie Joubert-Gaillard
（フランス /France）

隙間風城とお化けの話なり

> drafts of wind — stories of ghosts and castles
> spifferi di vento — racconti di fantasmi e di castelli

ダニエラ　ミッソ /Daniela Misso　（イタリア /Italy）

隙間風猫遊びたる毛糸玉

> draft wind — the cat plays with the ball of yarn
> brouillon de vent — le chat joue avec la pelote de laine
>
> キュディレロ　プリュム /Cudillero Plume　（フランス /France）

隙間風舟は繋がれ星の下

> niche wind sways — the moored boat under the star
>
> クリスティーナ　チン /Christina Chin　（マレーシア /Malaysia）

初時雨 ［はつしぐれ・hatsushigure］

first light rain of winter / première pluie légère d'hiver

The first drizzle in winter of the year. The feeling that it has become winter is put in this season word.

初時雨睫毛の上に願ひかな

> première pluie légère — un vœu sur un cil
>
> エウジェニア　パラシヴ /Eugénia Paraschiv　（ルーマニア /Romania）

初時雨難民達の祈りかな

> first light rain — prayers of the persecuted people pierce the sky
>
> ザンザミ　イスマイル /Zamzami Ismail　（インドネシア /Indonesia）

鼻孔には大地の匂ひ初時雨

> first light rain — the smell of the earth in the nostrils
> prima pioggia leggera — l'odore della terra nelle narici
>
> アンジェラ　ジオルダーノ /Angela Giordano　（イタリア /Italy）

初時雨大きな傘の少女かな

> big umbrella on the shoulders of the little girl — first light rain
>
> イン　イスマエル /In Ismael　（チュニジア /Tunisia）

如来より菩薩を好む初時雨

first light rain — I prefer Bodhisattva to Tathagata
première pluie légère — je préfère Bodhisattva au Tathagata

向瀬美音 /Mukose Mine　（日本 /Japan）

霰 ［あられ・arare］

hail / grêle

It comes down as white and small balls. It is often seen in the morning and evening where the temperature is getting cold. Fresh, clean. There are snow hail and ice hail, but the grain is round and beautiful in both cases.

足元にタンバリンのごと霰降る

hail beads at my feet — a tambourine from the sky
perles de grêle à mes pieds — un tambourin venu du ciel

キュディレロ　プリュム /Cudillero Plume　（フランス /France）

寂しさや田舎の道に霰落ち

sadness — hail on a country road
tristezza — grandine sulla strada di campagna

ダニエラ　ミッソ /Daniela Misso　（イタリア /Italy）

霰粒庭は蜜柑の香りして

perles de la grêle — mon jardin au goût d'orange

アブダラ　ハジイ /Abdallah Hajji　（モロッコ /Morocco）

初霜 [はつしも・hatsushimo]

first frost / première gelée

When we find first frost in the garden and the field, we strongly feel the arrival of winter.

初霜や傾く道に白き息

premier gel — mon haleine blanche sur le chemin pentu

フランソワーズ　デニオ - ルリエーヴル /Françoise Deniaud-Lelièvre
（フランス /France）

初霜やポケットに入る小さき手

premier gel — sa petite main dans ma poche

ラチダ　ジェルビ /Rachida Jerbi　（チュニジア /Tunisia）

初霜やパンのかけらに蜂蜜を

première gelée — sur la tartine grillée du miel d'acacia

フランソワーズ　モリス /Françoise Maurice　（フランス /France）

大霜や白き世界に草の音

big frost — the grass clad in white breaks the silence
grand gel — l'herbe vêtue de blanc rompt le silence

キュディレロ　プリュム /Cudillero Plume　（フランス /France）

初霜のレースのごとき二十歳の恋

dentelles de givre — l'amour comme à vingt ans

アンヌ - マリー　ジュベール - ガヤール /Anne-Marie Joubert-Gaillard
（フランス /France）

初雪 [はつゆき・hatsuyuki]

first snow / première neige

The first snow in winter. There is a feeling of joy and the feeling that the winter has begun.

初雪や鹿の足跡をちこちに

hither thither deer tracks — first snow

クリスティーナ　チン /Christina Chin　（マレーシア /Malaysia）

初雪や柔き呼吸の新生児

first snow — the soft breathing of a new-born child

ポール　カルス /Paul Callus　（マルタ /Malta）

初雪や庭に狼の足跡

first snow — the footprints of a wolf in the garden
prima neve — le impronte di un lupo nel giardino

カルメン　バスキエリ /Carmen Baschieri　（イタリア /Italy）

初雪や髭は去年より白くて

première neige — ma barbe plus blanche que l'année dernière
prima zăpadă — barba mea mai albă decât anul trecut

マリン　ラダ /Marin Rada　（ルーマニア /Romania）

初雪や列をなしたる栗鼠のゐて

première neige — les navettes de l'écureuil

フランソワーズ　デニオ - ルリエーヴル /Françoise Deniaud-Lelièvre
（フランス /France）

初雪や肩にぬくき甘えありて

première neige — sur mes épaules ton câlin chaleureux
prima zăpadă — peste umerii mei îmbrățișarea ta caldă

マリン　ラダ /Marin Rada　（ルーマニア /Romania）

老人のダンスステップ初雪す

first snow — an elder takes a few dance steps

ミレラ　ブライレーン/Mirela Brailean　（ルーマニア/Romania）

初雪や鉄条網で舞ふ難民

first snow — refugee camp with a festive air the barbed wire

ミレラ　ブライレーン/Mirela Brailean　（ルーマニア/Romania）

初雪や怪我をした子の谷にゐて

an injured child in the valley looking for a balmy hand — first snow

プロビール　グプタ/Probir Gupta　（インド/India）

初雪や最後の白き薔薇開花

première neige — la dernière rose blanche

フランソワーズ　ガブリエル/Françoise Gabrielle　（ベルギー/Belgium）

初雪や天地に妖精レース編み

entre ciel et terre les fées font de la dentelle — première neige

ミシェル　ティルマン/Michelle Tilman　（ベルギー/Belgium）

初雪や緋色に染まる君の頬

first snow — her cheeks turned to red

リナ　ダルサ/Rina Darsa　（インドネシア/Indonesia）

初雪や文に言の葉少なくて

first snow — letter with few words
première neige — une lettre avec peu de mots

向瀬美音/Mukose Mine　（日本/Japan）

風花 [かざばな・kazabana]

fluttering snowflake / des flocons de neige voltigent au vent

Snow flying down in the sunny sky a while. In Joushu region, it is said "fukikoshi".
It is a gentle and beautiful sight.

風花や暦の中の最後の日

last day on the calendar — fluttering snowflakes

クリスティーナ　チン /Christina Chin　（マレーシア /Malaysia）

風花や天の祝福受くるごと

powder snow — mother's blessings from heaven

ミレラ　ブライレーン /Mirela Brailean　（ルーマニア /Romania）

白き歯や真珠のごとく風花し

powder snow — her teeth were as white as pearls when she smiles

リナ　ダルサ /Rina Darsa　（ルーマニア /Romania）

魂の崇拝に似て風花す

dévotion de l'âme — des flocons voltigent au vent

エウジェニア　パラシヴ /Eugénia Paraschiv　（ルーマニア /Romania）

風花や鳥と雪は共に飛翔

flocons de coton — les oiseaux et la neige volent en groupe

エリック　デスピエール /Eric Despierre　（フランス /France）

風花や君の祈りを聞いてをり

les flocons de neige voltigent au vent — j'écoute sa prière

カメル　メスレム /Kamel Meslem　（アルジェリア /Algeria）

人生のごとく軽くて風花す

léger, léger, léger comme la vie — flocon de neige

ジャン－リュック　ファーヴル /Jean-Luc Favre　（スイス /Suisse）

風花や風に震へる蝶の飛翔

des flocons de neige — voltige au vent un papillon palpitant

カメル　メスレム /Kamel Meslem　（アルジェリア /Algeria）

風花や猫は耳元囓んでをり

fluttering snowflakes — the cat nibbles at my neck

ポール　カルス /Paul Callus　（マルタ /Malta）

天国の感触を持ち風花す

fluttering snowflakes — to know the touch of Heaven

ヴェロニカ　ゾラ /Veronika Zora　（カナダ /Canada）

風花や天から響くアコーディオン

fluttering snow flakes — accordion echoing from heaven

中野千秋 /Nakano Chiaki　（日本 /Japan）

洛北やふと手のひらに風花よ

Rakuhoku — fluttering snowflakes in the palm of my hand
Rakuhoku — flocon de neige dans le creux de la main

向瀬美音 /Mukose Mine　（日本 /Japan）

風花や天地の間の蝶の夢

fluttering snowflakes — dream of butterfly between the ground and the sky
flocon de neige — rêve de papillon entre le terre et le ciel

向瀬美音 /Mukose Mine　（日本 /Japan）

しづり [しずり・shizuri]

snow falling from a tree / neige tombant d'un arbre

Snow that has piled up on the branches of trees drops under the weight of the snow itself.

しづり雪わづか一つの言葉なり

neige tombant d'un arbre — le seul mot

エウジェニア　パラシヴ/Eugénia Paraschiv　（ルーマニア/Romania）

雛鳥は飛行練習しづり雪

l'oisillon teste ses ailerons — neige tombant de l'arbre

ビリ　テティフ　アブデラティフ/Bhiri Tétif Abdellatif　（モロッコ/Morocco）

響きたる子の笑ひ声しづり雪

snow falling from trees — the laughter of a child

リナ　ダルサ/Rina Darsa　（インドネシア/Indonesia）

日輪の光かすかにしづり雪

neige tombant d'un arbre — un réchauffement au petit rayon de soleil

オルファ　クチュク　ブハディダ/Olfa Kchouk Bouhadida　（チュニジア/Tunisia）

風に舞ふ羽毛のごとくしづり雪

light feathers — snow falling from a tree

ローザ　マリア　ディ　サルヴァトーレ/Rosa Maria Di Salvatore
（イタリア/Italy）

しづり雪蝶が天使を抱く墓場

neige tombant d'un arbre — dans le cimetière les papillons caressent les anges

アブダラ　ハジイ/Abdallah Hajji　（モロッコ/Morocco）

パレットに紫加ふしづり雪

snow falling from a tree — I add purple on the palette
neige tombant d'un arbre — j'ajoute le violet sur la palette

向瀬美音 /Mukose Mine　（日本 /Japan）

冬の霧 ［ふゆのきり・fuyunokiri］

winter fog / brume d'hiver

Speaking of «fog» is an autumn season word, but fog can fall in winter, too. It is likely to occur early in the morning when the outside air is very cold and the river and pond water is warm. It is a depressed and serious feeling.

冬の霧老人の拭く眼鏡かな

winter fog — the elder wipes his eyeglasses

ミレラ　ブライレーン /Mirela Brailean　（ルーマニア /Romania）

冬の霧鳩は蔦の実啄みぬ

brume d'hiver — le pigeon picore les baies du lierre

フランソワーズ　デニオ‐ルリエーヴル /Françoise Deniaud-Lelièvre
（フランス /France）

冬の霧祖母はますます孤独なり

la grand-mère se sent plus solitaire — brume d'hiver

ビリ　テティフ　アブデラティフ /Bhiri Tétif Abdellatif　（モロッコ /Morocco）

冬霧や森より赤茶狐の尾

brume d'hiver — sortant du bois le panache roux d'un renard

イザベル　カルヴァロ　テールス /Isabelle Carvalho Teles　（フランス /France）

冬の霧電飾光るをちこちに

brume d'hiver — les guirlandes scintillantes de partout

オルファ　クチュク　ブハディダ /Olfa Kchouk Bouhadida　（チュニジア /Tunisia）

棒の先に綿菓子ふはり冬の霧

> winter fog — cotton candy at the end of the stick
> brouillard d'hiver — la barbe à papa au bout du bâton

> > キュディレロ　プリュム /Cudillero Plume　（フランス /France）

冬の霧言葉は紫煙となり飛ぶ

> winter mist — my words go up in smoke
> brume d'hiver — mes paroles s'envolent en fumée

> > キュディレロ　プリュム /Cudillero Plume　（フランス /France）

冬の霧夫の死後の背なに重き

> brume d'hiver — tout sur le dos après le décès de son mari

> > オルファ　クチュク　ブハディダ /Olfa Kchouk Bouhadida　（チュニジア /Tunisia）

冬の霧摑めぬ粒のありにけり

> brume d'hiver — les gouttes impossible à saisir

> > エリック　デスピエール /Eric Despierre　（フランス /France）

冬ゆふべ霧に包まれ君はゆく

> nuit d'hiver — elle part enveloppée de brume

> > アメル　ラディヒ　ベント　シャドリー /Amel Ladhibi Bent Chadly
> > （チュニジア /Tunisia）

白鷺は葦の近くや冬の霧

> brume d'hiver — près des roseaux une aigrette blanche

> > カリーヌ　コシュト /Karine Cocheteux　（フランス /France）

冬の霧有明海を沈めたる

> winter mist — Ariake sea submerged
> brume d'hiver — Ariake mer immergée

> > 向瀬美音 /Mukose Mine　（日本 /Japan）

冬の虹 ［ふゆのにじ・fuyunoniji］

winter rainbow / arc-en-ciel d'hiver

The rainbow in winter. The rainbow is a summer season word that often appears after the evening rain, but the winter rainbow appears in the rainy sky or rises from the dark sea.

冬虹や空の壮大なる笑顔

arc-en-ciel d'hiver — un sourire à l'immensité du ciel.

ソニア　ベン　アマール /Sonia Ben Amar　（チュニジア /Tunisia）

暗がりに灯る蠟燭冬の虹

winter rainbow — aura of candle flame in the dark
arcobaleno d'inverno — aura di fiamma di candela al buio

ダニエラ　ミッソ /Daniela Misso　（イタリア /Italy）

客のなき鮮やかな卓冬の虹

arc-en-ciel d'hiver — une table riche en couleurs sans invités

フーテン　フルチ /feten.fourti　（チュニジア /Tunisia）

冬の虹休み初日の子の笑まふ

arc-en-ciel d'hiver — le sourire d'un enfant au premier jour de vacances

オルファ　クチュク　ブハディダ /Olfa Kchouk Bouhadida　（チュニジア /Tunisia）

思ひ出は色とりどりに冬の虹

winter rainbow — a colorful display of my memories

ナニ　マリアニ /Nani Mariani　（オーストラリア /Australia）

温かく微笑むあなた冬の虹

winter rainbow — your warm smile

ミレラ　ブライレーン /Mirela Brailean　（ルーマニア /Romania）

冬の虹孔雀雨粒はらひけり

arc-en-ciel d'hiver — le paon déroule les dernières gouttes de pluie

アブダラ　ハジイ /Abdallah Hajji　（モロッコ /Morocco）

冬の虹願ふ形にひとつづつ

2021, un à un mes vœux prennent forme — arc-en-ciel

ビリ　テティフ　アブデラティフ /Bhiri Tétif Abdellatif　（モロッコ /Morocco）

冬の虹空は明るき色飾る

winter rainbow — the sky is adorned with cheerful colors
arc-en-ciel d'hiver — le ciel se pare de couleurs gaies

キュディレロ　プリュム /Cudillero Plume　（フランス /France）

冬の虹手紙に風のキスのあり

arc-en-ciel d'hiver — sur la lettre un baiser du vent

カリーヌ　コシュト /Karine Cocheteux　（フランス /France）

冬の虹降誕祭の喜びを

the joy of Christmas — a winter rainbow

ポール　カルス /Paul Callus　（マルタ /Malta）

冬の虹かすかに土の匂ひして

arc-en-ciel d'hiver — senteurs vaporeuses de la terre

カジャ　エルブルカディ /Khadija El Bourkadi　（チュニジア /Tunisia）

冬の虹手のひらに貝三つ持つ

arc-en-ciel d'hiver — dans sa petite main trois coquillages

アンヌ　ドローム /Anne Delorme　（フランス /France）

地理 [ちり・chiri] geography / géographie

冬の山 ［ふゆのやま・fuyunoyama］

winter mountain / montagne d'hiver

The mountain in the winter, with withered vegetation. The mountains are covered with snow and their beauty is exceptional. In the lower mountains, more and more people enjoy skiing, snow boating and winter sports. Some people are climbing the mountains.

冬の山かくもゆつくり時は過ぐ

this longing how slowly time passes — winter mountain

クリスティーナ　チン /Christina Chin　（マレーシア /Malaysia）

冬の山月は雪のドレス纏ひ

montagne d'hiver — la lune dans sa robe de flocons

カリーヌ　コシュト /Karine Cocheteux　（フランス /France）

雪の上を日の輝ける冬の山

winter mountain — the sun shines on the snow

ローザ　マリア　ディ　サルヴァトーレ /Rosa Maria Di Salvatore
（イタリア /Italy）

冬の山言葉にできぬ美しさ

her beauty makes me silent — winter mountain
la sua bellezza mi rende silenzioso — montagna invernale

ダニエラ　ミッソ /Daniela Misso　（イタリア /Italy）

植物の微笑んでゐる冬の山

winter mountain — vegetation smiles through creamy layer

マフィズディン　チュードハリー /Mafizuddin Chowdhury　（インド /India）

瞑想や我を忘れて冬の山

winter mountain — I lose myself in meditation

ポール　カルス /Paul Callus　（マルタ /Malta）

山眠る [やまねむる・yamanemuru]

mountains sleep / montagne endormie

Personification of winter mountains. No bird voices, no people on excursions, the winter mountains appear to be asleep.

山眠る軈て万物死に絶ゆる

sleeping mountain — everything dies
montagna dormiente — tutto muore

アニコ　パップ/Papp Aniko　（ハンガリー/Hungary）

山眠る路面電車の城下町

winter mountain — tramway in the castle town
montagne d'hiver — tramway dans la ville d'un château féodal

向瀬美音/Mukose Mine　（日本/Japan）

枯野 [かれの・kareno]

withered field / champs flétris

Winter field where the grass withered and quiet. Sunshine, rain, wind crosses desolate landscape, but it is also a figure waiting for the season of the sprouting to come.

来てはすぐ飛びたつ小鳥枯野原

short stop on the withered field — little bird
breve sosta sul campo appassito — un uccellino

ダニエラ　ミッソ/Daniela Misso　（イタリア/Italy）

枯野ゆく静けさ故の風の音

dead field — so quiet so I can hear wind singing

リナ　ダルサ/Rina Darsa　（インドネシア/Indonesia）

花枯れて次の世代の番がくる

> withered flowers — a new generation awaits its turn
>
> ポール　カルス /Paul Callus　（マルタ /Malta）

窓辺には小さき芽吹き大枯野

> withered fields — a new bud on the windowsill
> campi appassiti — un nuovo bocciolo sul davanzale
>
> アンジェラ　ジオルダーノ /Angela Giordano　（イタリア /Italy）

冬景色 ［ふゆげしき・fuyugeshiki］

winter landscape, winter scene / paysage d'hiver

It is the winter landscape that the plants have withered away. There is loneliness in the mountains of dead trees and fields of dead grass.

冬景色雪を加へて描きけり

> winter landscape — painting with snowflakes
>
> エウジェニア　パラシヴ /Eugénia Paraschiv　（ルーマニア /Romania）

冬景色砂丘は風にかたどられ

> paysage d'hiver — dunes modelées par la force du vent
>
> イザベル　カルヴァロ　テールス /Isabelle Carvalho Teles　（フランス /France）

故郷の山に日没冬景色

> paysage d'hiver — mon village natal couchant au pied de la montagne
>
> アブダラ　ハジイ /Abdallah Hajji　（モロッコ /Morocco）

冬景色ホットワインに赤き鼻

> winter scenes — red nosed extras drink mulled wine
> scènes d'hiver — les figurants au nez rouge boivent du vin chaud
>
> キュディレロ　プリュム /Cudillero Plume　（フランス /France）

天も地も白き衣装や冬景色

paysage d'hiver — le ciel et la terre s'habillent de blanc

キュディレロ　プリュム /Cudillero Plume　（フランス /France）

天と地を繋ぐ赤糸冬景色

the red thread between heaven and earth — winter landscape

イン　イスマエル /In Ismael　（インドネシア /Indonesia）

冬景色雪の影よりヒトコブラクダ

paysage d'hiver — de l'ombre du nuage vient le dromadaire

アブダラ　ハジイ /Abdallah Hajji　（モロッコ /Morocco）

ゲレンデにホットワインや冬景色

winter landscape — hot wine at the ski course

向瀬美音 /Mukose Mine　（日本 /Japan）

水涸る ［みずかる・mizukaru］

bottom of the river seen under the frost / fond de la rivière vue sous le gel

In winter, the water of rivers and ponds dry. The amount of water decreases due to the low humidity on the Pacific side. On the side of the Japan Sea, the flow of waters worsens due to the snow. The bottom of the waters reveals.

水涸れて黒壇の石現れぬ

pierres d'ébène — le fond de la rivière vu sous le gel

マリン　ラダ /Marin Rada　（ルーマニア /Romania）

釣糸の日に晒されて水涸るる

a line of fishes hanging in the sun — drying water

キンベリー　オルムタック /Kimberly Olmtak　（オランダ /Holland）

待ち侘ぶる一つの答水涸るる

waiting for an answer — the frozen river bed
aspettando una risposta — il letto ghiacciato del fiume

マリア　テレサ　ピラス /Maria Teresa Piras　（イタリア /Italy）

水涸るる泥は最後の泡を吐く

the mud spewing its last bubbles — drying water

キンベリー　オルムタック /Kimberly Olmtak　（オランダ /Holland）

水涸れて孤独のさらに深くなる

bottom of the river — the loneliness deepened

ナニ　マリアニ /Nani Mariani　（オーストラリア /Australia）

水涸れて身を任せたる鏡かな

rivière sous le gel — devant le miroir elle s'adonne de regard

カメル　メスレム /Kamel Meslem　（アルジェリア /Algeria）

水涸れて石には石の顔のあり

bottom of the river — every stone has its face
rivière sous le gel — chaque pierre a son visage

向瀬美音 /Mukose Mine　（日本 /Japan）

冬の泉 ［ふゆのいずみ・fuyunoizumi］

winter fountain / fontaine d'hiver

There is an unique loneliness in the winter fountain. It is not in the summer fountain as clear water springs up. We feel something clearer.

濡れ髪を振りたる冬の泉かな

winter fountain — she shook her wet tresses

ミレラ　ブライレーン /Mirela Brailean　（ルーマニア /Romania）

冬泉や音と光は息を吐き

   sons et lumières souffle coupé — fontaine d'hiver

      カディジャ　エル　ブルカディ /Khadija El Bourkadi　（モロッコ /Morocco）

冬泉や日は寒さの中に流れ

   fontaine d'hiver — le jour s'écoule dans la froideur

      ラチダ　ジェルビ /Rachida Jerbi　（チュニジア /Tunisia）

君の頬に孤独の涙冬の泉

   fontaine d'hiver — sur ta joue une larme de solitude

      カリーヌ　コシュト /Karine Cocheteux　（フランス /France）

冬泉やわれの思考の澄んできて

   winter fountain — my thoughts clearer and clearer

      ローザ　マリア　ディ　サルヴァトーレ /Rosa Maria Di Salvatore
                  （イタリア /Italy）

冬泉や一滴ごとに注ぐ愛

   your love poured out drop by drop — winter fountain
   il tuo amore elargito goccia a goccia — fontana invernale

      アンジェラ　ジオルダーノ /Angela Giordano　（イタリア /Italy）

天の水たたへて冬の泉かな

   winter fountain — the silent waters of the sky
   fântână de iarnă — apele tăcute ale cerului

      セバスティアン　チオルテア /Sebastian Ciortea　（ルーマニア /Romania）

ふと鳥になりたき冬の泉かな

   winter fountain — making a wish to become a bird

      レカ　ニトライ /Réka Nyitrai　（ルーマニア /Romania）

初氷 [はつごおり・hatsugori]

first ice / première glace

The first ice in winter. We feel the cold winter has begun.

初氷もろき姿の四十雀

première glace — les frêles silhouettes des mésanges

フランソワーズ　デニオ - ルリエーヴル /Françoise Deniaud-Lelièvre
（フランス /France）

初氷受話器に君の息づかひ

first ice — your breathing on telephone
première glace — ta respiration dans le téléphone

向瀬美音 /Mukose Mine　（日本 /Japan）

冬の川 [ふゆのかわ・fuyunokawa]

winter river / rivière d'hiver

In the winter, the water of rivers gradually decreases, and the flow also gets thinner. It is feeling as though the grass withered and river beach became wide.

目を通す昔の写真冬の川

leafing through old pictures memories flow — winter river

レカ　ニトライ /Réka Nyitrai　（ルーマニア /Romania）

昔から馴染んだ歌や冬の川

winter river — a song that I remembered from my childhood

エヴァ　スー /Eva Su　（インドネシア /Indonesia）

冬の海 ［ふゆのうみ・fuyunoumi］

winter sea / mer d'hiver

The winter sea is bleak. The Japan Sea is largely covered with thick clouds and the waves are rough. On the Pacific side the weather continues with clear skies, but the waves are high in the ocean.

冬の海ボトルメールの浮かびけり

winter sea — a floating message bottle

タンポポ　アニス /Tanpopo Anis　（インドネシア/Indonesia）

冬の海寄せくる波に鳴く鷗

seagulls squawking to the incoming waves — winter shore

キンベリー　オルムタック/Kimberly Olmtak　（オランダ/Holland）

冬の海苦き終りの怒りかな

pacific winter — furious to the bitter end

ザヤ　ユーカナ/Zaya Youkhanna　（オーストラリア/Australia）

波の花 ［なみのはな・naminohana］

foam of the wave / écume des vagues

High winter waves rush to the coast, comparing it to white flowers. The white flowers blooming in the black sea which is stuck in the cold and intense winter wind.

波の花海の深淵知るものは

écume des vagues — que savent-ils de la mer ceux des profondeurs

ジャン - リュック　ヴェルパン/Jean-Luc Werpin　（ベルギー/Belgium）

波の花翼を広げ鳴く鷗

wings spread over the foam of wave

クリスティーナ　チン/Christina Chin　（マレーシア/Malaysia）

カプチーノ鷗は波の花を突く

Cappuccino — des goélands picorent l'écume des vagues

フランソワーズ　モリス /Françoise Maurice　（フランス /France）

波の花紅茶にミルク泡立てぬ

écume des vagues — un nuage de lait dans mon thé

カリーヌ　コシュト /Karine Cocheteux　（フランス /France）

音たてて砂に溶けゆく波の花

winter beach — the sound of foam melting in the sand

イン　イスマエル /In Ismael　（インドネシア /Indonesia）

黄昏の船尾の上を波の花

twilight shadow — sea foam on the stern of the old ship

アユング　ヘルマワン /Ayung Hermawan　（インドネシア /Indonesia）

冬の浜 ［ふゆのはま・fuyunohama］

winter shore / plage d'hiver

The winter beaches often have high waves even in mild weather, and rarely see people on the rough beaches of northern countries and Japan Sea.

子は赤き頬をしてをり冬の浜

plage en hiver — les joues rouges des enfants

フランソワーズ　モリス /Françoise Maurice　（フランス /France）

忘れ潮に空とヒトデや冬の浜

plage d'hiver — dans la flaque le ciel et une étoile de mer

ラチダ　ジェルビ /Rachida Jerbi　（チュニジア /Tunisia）

冬の浜老婦はドアを掃きにけり

plage en hiver — la vieille dame balaye à sa porte

アンヌ　ドローム /Anne Delorme　（フランス /France）

冬の浜波の荒さにどきどきす

my heart swelling with stormy waves — winter shore

キンベリー　オルムタック /Kimberly Olmtak　（オランダ /Holland）

冬の浜子は貝殻を耳に当て

plage d'hiver — l'enfant et son coquillage à l'oreille

カリーヌ　コシュト /Karine Cocheteux　（フランス /France）

冬の浜濁つた波のざわめきぬ

winter beach — the bustle of muddy waves

ザヤ　ユーカナ /Zaya Youkhanna　（オーストラリア /Australia）

冬の滝 ［ふゆのたき・fuyunotaki］

winter cascade / cascade d'hiver

The frozen waterfall. Frozen figure while flowing down.

冬の滝愛の深みにはまり込む

winter cascade — caught in the depth of your love

フロラン　チオビカ /Florin C. Ciobica　（ルーマニア /Romania）

凍りたるつぐみの歌や冬の滝

cascade d'hiver — le chant figé des merles

ラチダ　ジェルビ /Rachida Jerbi　（チュニジア /Tunisia）

冬の滝静かに飛翔やめる鳥

en silence l'oiseau suspend son vol — cascade d'hiver

ラチダ　ジェルビ /Rachida Jerbi　（チュニジア /Tunisia）

冬の滝コロナの三波来たりけり

troisième vague — cascade d'hiver

シュピー　モイサン /Choupie Moysan　（フランス /France）

冬の滝澄んで響ける笑ひ声

the crystalline laughter of the granddaughter — winter waterfall
la risata cristallina della nipotina — cascata invernale

アンジェラ　ジオルダーノ /Angela Giordano　（イタリア /Italy）

冬の滝髪は膝まで波打ちぬ

cascades d'hiver — sa chevelure ondule jusqu'aux genoux

カディジャ　エル　ブルカディ /Khadija El Bourkadi　（モロッコ /Morocco）

響きつつ落ちゆく声や冬の滝

my voice echoing down the mountain — winter cascade

キンベリー　オルムタック /Kimberly Olmtak　（オランダ /Holland）

魂を清め禊の冬の滝

ice-cold cascade purifying the soul — misogi

バーバラ　オルムタック /Barbara Olmtak　（オランダ /Holland）

生活 [せいかつ・seikatsu] life / vie

着膨れ [きぶくれ・kibukure]

heavy layers of clothing / chaudement vêtu

In order to prevent the cold, wearing multiple layers of clothes. Difficult to move.

着膨れてコロナ禍といふ長き影

the long shadow of covid — heavy layers of clothing

バーバラ　オルムタック /Barbara Olmtak　（オランダ /Holland）

着膨れて地面に座る亡命者

chaudement vêtue et assise par terre — l'exilée

イスマーヘン　カーン /Ismahen Khan　（チュニジア /Tunisia）

すつきりと別れてからは着膨れず

free from his possessive love — heavy layer of clothing

シウ　ホング – イレーヌ　タン /Siu Hong-Irene Tan /（インドネシア /Indonesia）

着膨れてまもなく茜さす時間

chaudement vêtue — bientôt le crépuscule

エリック　デスピエール /Eric Despierre　（フランス /France）

着膨れて一つの旅の始まりぬ

folding the heavy layers of clothing — beginning of the journey

タンポポ　アニス /Tanpopo Anis　（インドネシア /Indonesia）

着膨れて雪はまた雪覆ひけり

heavy layer of clothing — snow covering snow

アドニ　シザー /Adoni Cizar　（シリア /Syria）

着膨れて君の体を発見す

heavy layers of clothing — discovering your body

ミレラ　ブライレーン /Mirela Brailean　（ルーマニア /Romania）

丸腰の魂もまた着膨れぬ

> different layers of winter clothes — my naked soul
> strati diversi di vestiti invernali — la mia anima nuda

> アンジェラ　ジオルダーノ /Angela Giordano　（イタリア /Italy）

嘘に嘘重ねとうとう着膨れぬ

> a tissue of lies — heavy layers of winter clothes
> mensonge sur mensonge — chaudement vêtue

> 向瀬美音 /Mukose Mine　（日本 /Japan）

毛布 ［もうふ・mofu］

blanket / couverture

Heavy material used for bedding. We take a throw or put it under a comforter to keep it cold.

冬の震へ夜空の星は毛布とも

> frisson d'hiver — couverture étoilée du ciel de nuit

> カリーヌ　コシュト /Karine Cocheteux　（フランス /France）

ぬくき手は毛布の上に霜夜かな

> gelo di notte — una mano calda sulla coperta
> givre la nuit — une main chaude sur la couverture

> アグネーゼ　ジアロンゴ /Agnese Giallongo　（イタリア /Italy）

眠れぬ夜毛布の上に月の光

> nuit blanche — sur la couverture passe un rayon de lune

> ジゼル　エヴロット /Gisèle Evrot　（フランス /France）

ゆきのはな白き毛布に穴のあく

> couverture blanche trouée — les premiers perce-neige

> クローディア　ラモナ　コド /Claudia Ramona Codau　（フランス /France）

霜の朝膝に毛布を重ねけり

> frost in the morning — an extra blanket on the knees
> gelo al mattino — una coperta in più sulle ginocchia

> アンジェラ　ジオルダーノ /Angela Giordano　（イタリア /Italy）

セーター ［せーたー・seta］

sweater / pull-over, chandail

The jacket knitted with wool. There are pullovers, chandail worn over the head and cardigans that open front. Fun for both men and women. One of everyday winter clothes.

セーターの穴放浪の日は遠く

> holed sweater — he no longer counts the years of wandering
> pull-over troué — il ne compte plus les années d'errance

> キュディレロ　プリュム /Cudillero Plume　（フランス /France）

母想ふ母の手編みのセーターに

> remembering her warm hug — mom's knitted sweater

> シウ　ホング - イレーヌ　タン /Siu Hong-Irene Tan　（インドネシア /Indonesia）

コート ［こーと・koto］

coat / manteau

Generally, men and women can enjoy the coat, but the original season word refers to the Japanese-style coat for women. Nowadays, when wearing Japanese clothes has decreased, it often shows the slightly lighter Western-style coat.

消えてゆく父のコートの煙草の香

> dad's coat — more discreet the smell of tobacco

> ミレラ　ブライレーン /Mirela Brailean　（ルーマニア /Romania）

コート古び父の齢に近づきぬ

old coat — closer and closer to my dad
vieux manteau — de plus en plus proche de mon père

セバスティアン　ルボン /Sébastien Revon　（フランス /France）

ひと気なき道を行きたるコートかな

winter coat — I walk through the deserted streets
cappotto invernale — per le strade deserte cammino

アグネーゼ　ジアロンゴ /Agnese Giallongo　（イタリア /Italy）

裸木やウールのコート新しく

the bare branches — a new boiled wool coat
i rami spogli — un nuovo cappotto di lana cotta

アンジェラ　ジオルダーノ /Angela Giordano　（イタリア /Italy）

冬帽子 ［ふゆぼうし・fuyuboshi］

winter hat / chapeau d'hiver

Hat to wear in winter. There are various kinds of winter hats and wool hats covering the ears.

冬帽子ヨルダン川の白き鳩

la colombe sur la rivière Jordan — chapeau d'hiver

エウジェニア　パラシヴ /Eugénia Paraschiv　（ルーマニア /Romania）

冬帽子曇天谷を覆ひけり

chapeau d'hiver — le gris du temps couvre la vallée

ジゼル　エヴロット /Gisèle Evrot　（フランス /France）

冬帽子父は黒のベレー帽を

son chapeau d'hiver — le béret noir de son père

チュイリエ　フランソワーズ /Thuillier Françoise　（フランス /France）

冬帽のつばに囁く雨音よ

warm whisper of raindrops in folded brim on my head — winter hat

プロビール　グプタ /Probir Gupta　（インド /India）

思ひ出に心は温し冬帽子

winter hat — keeping the mind warm with memories

キンベリー　オルムタック /Kimberly Olmtak　（オランダ /Holland）

思ひ出の君にほつこり冬帽子

winter hat — you keep me warm throughout memory steps

ナニ　マリアニ /Nani Mariani　（オーストラリア /Australia）

ショール [しょーる・shoru]

shawl / châle

women's clothing for cold weather and fashion

寂しさを癒して母のショールかな

sad reminder — mom's shawl warms my heart
triste ricordo — lo scialle di mamma mi scalda il cuore

マリア　テレサ　ピラス /Maria Teresa Piras　（イタリア /Italy）

絹ショール光の中の君の背

châle de soie — ton dos nu dans la lumière

エリック　デスピエール /Eric Despierre　（フランス /France）

椅子の上に思ひ出あまた絹ショール

châle en soie — tant de souvenirs posés sur une chaise

フランソワーズ　モリス /Françoise Maurice　（フランス /France）

俳句書く暖炉や肩にショール乗せ

Haïkus au coin du feu — châle sur les mots

ナディン　ロビヤール /Nadine Robillard　（フランス /France）

肌の上の愛の言の葉ショールかな

châle en cadeau — un langage d'amour sur ma peau

ジゼル　エヴロット /Gizele Evrot　（フランス /France）

なつかしき母のショールの匂ひかな

fragrant memories — mother's woolen shawl
ricordi profumati — lo scialle di lana della mamma

アンジェラ　ジオルダーノ /Angela Giordano　（イタリア /Italy）

手袋 [てぶくろ・tebukuro]

glove, mitten / gant

To protect hands and fingers from the cold. Wool and hide are common.

手袋に隠せる思慕のありにけり

gloves — she hides her longing

ナニ　マリアニ /Nani Mariani　（オーストラリア /Australia）

ベンチには片方を待つミトンかな

waiting on a bench for its mate — lost mitten

モナ　ヨーダン /Mona Iordan　（ルーマニア /Romania）

祖母編みし手袋をして幼き日

childhood memories — the woolen gloves worked by the grandmother
ricordi d'infanzia — i guanti di lana lavorati dalla nonna

アンジェラ　ジオルダーノ /Angela Giordano　（イタリア /Italy）

毛糸編む ［けいとあむ・keitoamu］

yarn knitting / tricoter

Knitting sweaters, scarves and hats for cold weather with yarn. We often knit for friends rather than knitting for ourselves.

古時計チクタク毛糸編みにけり

tic-tac de l'horloge — tricoter un chandail pour l'enfant à naitre

アンヌ　ドローム /Anne Delorme　（フランス /France）

まだ知らぬ君の体温毛糸編む

not yet knowing your warmth — knitting a sweater
pas encore connu ta chaleur — je tricote un pull-over

向瀬美音 /Mukose Mine　（日本 /Japan）

熱燗 ［あつかん・atsukan］

hot sake / saké chaud

Recently microwave oven is used to heat up, but it is still a standard to put a bottle filled with sake into boiling water. The first cup thrill through the body.

熱燗や灯す蠟燭集ふ友

verres de saké chaud — quelques amis et quelques bougies

ジゼル　エヴロット /Gisèle Evrot　（フランス /France）

日本語を初めて話す燗熱し

first attempt to speak Japanese — hot sake

バーバラ　オルムタック /Barbara Olmtak　（オランダ /Holland）

熱燗や山十倍の酔ひ回り

saké chaud — l'ivresse des montagnes décuplée

ジャン - リュック　ファーヴル /Jean-Luc Favre　（スイス /Suisse）

熱燗や愛の静寂続きをり

saké chaud — le silence de l'amour

エウジェニア　パラシヴ/Eugénia Paraschiv　（ルーマニア/Romania）

熱燗や漁村は波を語り合ひ

hot sake — people speaking about waves in the fishing village

タンポポ　アニス/Tanpopo Anis　（インドネシア/Indonesia）

熱燗を暖炉の脇の窓に雪

snow on the windows — a hot sake by the fireplace
neve sui vetri — un sakè caldo accanto al camino

アンジェラ　ジオルダーノ/Angela Giordano　（イタリア/Italy）

熱燗や夜の冷気に抱かれて

the cold caress of the night — hot sake
la fredda carezza della notte — sakè caldo

アンジェラ　ジオルダーノ/Angela Giordano　（イタリア/Italy）

ストーブ ［すとーぶ・sutobu］

heater, stove / poêle, radiateur

Instrument to warm the room. Coal, kerosene, oil are fueled.

ストーブやおくるみ乾き香る蠟燭

bougie parfumée — les langes du nouveau-né sèchent sur le radiateur

ラチダ　ジェルビ/Rachida Jerbi　（チュニジア/Tunisia）

薪ストーブにみかんの皮を干しにけり

wood stove — tangerine peels put out to dry
stufa a legna — bucce di mandarino messe a seccare

アンジェラ　ジオルダーノ/Angela Giordano　（イタリア/Italy）

ストーブや犬はホースについてゆき

radiateurs à la maison — le chien suit la conduite des tuyaux

オルファ　クチュク　ブハディダ /Olfa Kchouk Bouhadida　（チュニジア /Tunisia）

焚火 ［たきび・takibi］

open-air fire / feu en plein air

Burning dead trees to get warmth. It is a winter scene of burning fallen leaves and trees.

波音を間近に浜の焚火かな

open-air fire on the beach — the sound of waves so close

タンポポ　アニス /Tanpopo Anis　（インドネシア /Indonesia）

初キスのほの甘きこと焚火かな

feu en plein air — notre premier baiser
foc în aer liber — primul nostru sărut

マリン　ラダ /Marin Rada　（ルーマニア /Romania）

樹脂の香を鼻にたつぷり焚火かな

feu en plein air — le nez plein d'une odeur de résine

フランソワーズ　デニオ - ルリエーヴル /Françoise Deniaud-Lelièvre
（フランス /France）

ウィルスの遮断する世の焚火かな

a virus shutting down the world — open-air fire

バーバラ　オルムタック /Barbara Olmtak　（オランダ /Holland）

その兆しはつきり解る焚火かな

open-air fire — the signs are clear enough to me

ナニ　マリアニ /Nani Mariani　（オーストラリア /Australia）

溜息はやはらかき息焚火かな

feu en plein air — le souffle chaud de ton soupir

カメル　メスレム /Kamel Meslem　（アルジェリア /Algeria）

無人駅降りて焚火の匂ひかな

the smell of open-air fire arrived at unmanned station

タンポポ　アニス /Tanpopo Anis　（インドネシア /Indonesia）

焚火して枯葉に犬の吠えにけり

open-air fire — the dog barks at the dead leaves
fuoco all'aperto — il cane abbaia alle foglie morte

デニス　カンバロ /Dennis Cambarau　（イタリア /Italy）

物言はぬふたりを埋める焚き火かな

open-air fire — filling our silence
feu en plein air — remplit notre silence

向瀬美音 /Mukose Mine　（日本 /Japan）

紫に耀ふゆふべ焚き火かな

open-air fire — evening sways in violet
feu en plein air — le soir vacille en violet

向瀬美音 /Mukose Mine　（日本 /Japan）

産土のお国訛りや牡丹焚

open-air fire — hearing the dialect
feu en plein air — j'entends le dialecte

向瀬美音 /Mukose Mine　（日本 /Japan）

橇 [そり・sori]

sledge / luge

The tool that slides on snow and ice to carry people and luggage. Transportation in the snow countries.

北極星心に隠す橇の旅

promenade en traîneau — l'étoile du nord enfouie dans mon cœur

ラチダ　ジェルビ /Rachida Jerbi　（チュニジア /Tunisia）

初雪や子等は橇など取り出しぬ

première neige — luges d'écoliers

カリーヌ　コシュト /Karine Cocheteux　（フランス /France）

しつかりと君に抱きつく橇であり

sledge for two — holding onto him very tight

モナ　ヨーダン /Mona Iordan　（ルーマニア /Romania）

重き荷の橇を引きたるハスキー犬

huskies pulling a heavy load — sledge

キンベリー　オルムタック /Kimberly Olmtak　（オランダ /Holland）

狩 [かり・kari]

hunt, hunting / chasse

Hunting birds and various beasts.

狩の月一匹狼遠吠えす

a lone wolf howls — hunting moon

ヴェロニカ　ゾラ /Veronika Zora　（カナダ /Canada）

猟銃音の冴とともに猟期来る

l'écho d'un coup de feu — la chasse est ouverte

アンヌ‐マリー　ジュベール‐ガヤール /Anne-Marie Joubert-Gaillard
（フランス /France）

野兎は葡萄畑や猟期来ぬ

saison de la chasse — le lapin file entre les vignes

フランソワーズ　モリス /Françoise Maurice　（フランス /France）

狩の旅君の青き目に射貫かる

hunting trip — with her blue eyes she caught me

ザヤ　ユーカナ /Zaya Youkhanna　（オーストラリア /Australia）

猪狩 ［ししがり・shishigari］

funting wild boar / chasse au sanglier

Hunting wildboars. In addition to preventing the fields from being damaged and also for using wildboar meat.

猪狩の時期となりたる三日の月

horned moon — the start of the hunting wild boars

ミレラ　ブライレーン /Mirela Brailean　（ルーマニア /Romania）

スキー ［スキー・ski］

skiing / ski

The tool for walking or sliding on the snow as a means of transportation.
Nowadays, it is mainly popular as a winter sport.

スキー場山は活気に満ちてをり

skiing slope — the mountain full of life

ミレラ　ブライレーン /Mirela Brailean　（ルーマニア /Romania）

笑ひつつ青空抱くスキーかな

laughing together — skiing to grab the blue sky

タンポポ　アニス /Tanpopo Anis　（インドネシア /Indonesia）

白き紙に小さき点々スキーかな

skiing — small dots in a large white paper

マフィズディン　チュードハリー /Mafizuddin Chowdhury　（インド /India）

歓声を上げて滑つてスキーかな

skiing — her screams of joy sliding on the snowy slope

ナッキー　クリスティジーノ /Nuky Kristijino　（インドネシア /Indonesia）

モミの木のずんずん過ぎるスキーかな

skiing — the fir-trees speed up past me

モナ　ヨーダン /Mona Iordan　（ルーマニア /Romania）

帰郷して日差し浴びたるスキーかな

happy homecoming under the sun — ski holiday

キンベリー　オルムタック /Kimberly Olmtak　（オランダ /Holland）

魂の声に従ふスキーかな

skiing — I follow the movements in soul silence

ナニ　マリアニ /Nani Mariani　（オーストラリア /Australia）

ベランダに子どものスキー見守りぬ

children skiing — a mother watches from the veranda

クリスティーナ　チン /Christina Chin　（マレーシア /Malaysia）

スキーヤー鷲鳥の群のごと分かれ

a group of skiers parting — flock of geese

キンベリー　オルムタック /Kimberly Olmtak　（オランダ /Holland）

スキーの娘赤き襟巻きはためかす

girls ski past — snow-white trees a red scarf flaps

クリスティーナ　チン /Christina Chin　（マレーシア /Malaysia）

スケート　［すけーと・suketo］

skating / patinage

The tool for sliding and running on ice. Developed as a means of transportation for hunting and living. Currently, it is mainly used as a tool for sports and play.

フィギアスケート空を抱きたるシルエット

patinage artistique — une silhouette embrassant le ciel

フーテン　フルチ /feten.fourti　（チュニジア /Tunisia）

凍る湖スケート靴の螺旋雲

lac gelé — spirale des nuages sous les patins

カリーヌ　コシュト /Karine Cocheteux　（フランス /France）

スケートや美しさへの競ひとも

patinage — la course vers la beauté

オルファ　クチュク　ブハディダ /Olfa Kchouk Bouhadida　（チュニジア /Tunisia）

スケーター色とりどりの蝶のごと

skaters — colorful butterflies on ice
pattinatori — farfalle colorate sul ghiaccio

アンジェラ　ジオルダーノ /Angela Giordano　（イタリア /Italy）

幸せな少女映してスケートよ

ice skating — the scene of happy girls

エヴァ　スー /Eva Su　（インドネシア /Indonesia）

スケートや子はつまづいて椅子つかみ

clutching her chair the lil'child stumbles — ice skating

バーバラ　オルムタック /Barbara Olmtak　（オランダ /Holland）

スケートや古きベンチに夜は更けて

night ends on the old bench — the winter skating
la nuit s'achève sur le vieux banc — la patinage de l'hiver

マリー　フランス　エヴラール /Marie France Evrard　（ベルギー /Belgium）

風邪 ［かぜ・kaze］

cold, chill / rhume

A viral illness causes headache, runny nose, cough, sore throat, fever, and various other symptoms. It is easy to pull when tiredness and coldness become a trigger and vitality is low.

終はりなき風邪水道の滴落つ

rhume incessant — le goutte à goutte du vieux robinet

ラチダ　ジェルビ /Rachida Jerbi　（チュニジア /Tunisia）

満開の花の蜂蜜風邪なき冬

miel de pleines fleurs — hiver sans rhume

カリーヌ　コシュト /Karine Cocheteux　（フランス /France）

熱きトディ作りて風邪の引き始め

premier rhume — elle lui prépare un grog très chaud

キュディレロ　プリュム /Cudillero Plume　（フランス /France）

咳 [せき・seki]

cough / toux, toussotement

Getting cold and cold sickness and the throat is irritated, causing short, strong breaths. This is the cough, one of the ways to protect your body. There are damp coughs, dry coughs, and various type of coughs, but the violent appearance can be painful both to the eyes and ears.

咳止めの瓶ユーカリの森のごと

sirop contre la toux — toute la forêt d'eucalyptus dans un flacon

スアド　ハイリ/Souad Hajri　（チュニジア/Tunisia）

公園の咳や雀の群れ飛びぬ

toux dans le parc — un troupeau de moineaux s'envole

マリン　ラダ/Marin Rada　（ルーマニア/Romania）

咳をして母特製のシロップを

cough — the delicious taste of pine syrup mom made

ミレラ　ブライレーン/Mirela Brailean　（ルーマニア/Romania）

咳に効く甘くて苦きシロップよ

her smirks — sweet bitter taste of the cough syrup

ナッキー　クリスティジーノ/Nuky Kristijino　（インドネシア/Indonesia）

肩越しの静かな咳やコンサート

quiet cough over the shoulder — concert

タンポポ　アニス/Tanpopo Anis　（インドネシア/Indonesia）

咳をして氷の列にわらべうた

cough — children's song plays on the ice train

イン　イスマエル/In Ismael　（インドネシア/Indonesia）

霜焼 ［しもやけ・shimoyake］

chillblain, frostbite / engelure, gelure

Light frostbite caused by intense cold. You feel itching and if rub against objects, blood may come out.

霜焼けや初めて笑ふ赤子なる

frostbite — baby's first toothless smile

シェリー　グラント /Sherry Grant　（ニュージーランド /New Zealand）

指先に霜焼け古き手袋よ

gants usagés — engelures au bout des doigts

フランソワーズ　デニオ - ルリエーヴル /Françoise Deniaud-Lelièvre
（フランス /France）

霜焼けや干ばつ続く大地なる

chilblain — the land in years of drought

ザヤ　ユーカナ /Zaya Youkhanna　（オーストラリア /Australia）

日向ぼこ ［ひなたぼこ・hinataboko］

sitting in the sun / se réchauffer au soleil

Getting warm in the winter sunshine. The sunlight in the windless sun is extremely warm. It is a fun time to drink tea and talk.

ティーカップに溶けゆく光日向ぼこ

sun concave — melting rays of sun in the tea cup
sole concavo — sciolgo raggi di sole nella tazzina

ダニエラ　ミッソ /Daniela Misso　（イタリア /Italy）

庭にゐる最後の蝶や日向ぼこ

> sitting in the sun — the last butterly in the garden
> seduta al sole — l'ultima farfalla in giardino

マリア　テレサ　ピラス /Maria Teresa Piras （イタリア /Italy）

日向ぼこ父とのチェスの時間かな

> sitting in the sun — chest game time for me and my dad

ナッキー　クリスティジーノ /Nuky Kristijino （インドネシア /Indonesia）

薔薇色の頬の歓喜や日向ぼこ

> l'allégresse des joues — se réchauffer au soleil

エウジェニア　パラシヴ /Eugénia Paraschiv （ルーマニア /Romania）

母猫は子猫に授乳日向ぼこ

> ils se réchauffent au soleil — la chatte allaite ses petits

オルファ　クチュク　ブハディダ /Olfa Kchouk Bouhadida （チュニジア /Tunisia）

日向ぼこ屋外のもの調和せり

> the harmony of the outdoors in my heart — sitting in the sun

キンベリー　オルムタック /Kimberly Olmtak （オランダ /Holland）

日向ぼこ歩道に我の影歪む

> concave sun — my deformed shadow on the sidewalk

アンジェラ　ジオルダーノ /Angela Giordano （イタリア /Italy）

日向ぼこレースの中に光る露

> sitting in the sun — glistening dewdrops in a gossamer lace

クリスティーナ　チン /Christina Chin （マレーシア /Malaysia）

目の前にひよこの遊ぶ日向ぼこ

　sitting in the sun — the child's chick plays close to him
　assis sous le soleil — le poussin de l'enfant joue près de lui

　　　　　　　　ハッサン　ゼムリ /Hassane Zemmouri　（アルジェリア /Algeria）

日向ぼこまづは天気の話より

　sitting in the sun — start with the topic of weather

　　　　　　　　中野千秋 /Nakano Chiaki　（日本 /Japan）

行事 [ぎょうじ・gyoji] event / cérémonie

クリスマス [くりすます・kurisumasu]

Christmas / Noël

25th December. The Christmas tree is decorated, the city becomes full of Christmas
armosphere with illuminations.

子等の声明るきクリスマスの朝

matin de Noël — des voix d'enfants joyeux

ファビオラ　マラー /Fabiola Marlah　（モーリシャス /Mauritius）

暗き夜に聖夜の星の灯りけり

brightening the darkest night — Christmas stars

クリスティーナ　チン /Christina Chin　（マレーシア /Malaysia）

扉みなに開かれてゐる聖夜かな

soirée de Noël — la porte ouverte à tous les pas

カメル　メスレム /Kamel Meslem　（アルジェリア /Algeria）

教会の屋根に白鳩クリスマス

ziua de Crăciun — porumbeii albi pe acoperişul bisericii
le jour de Noël — pigeons blancs sur le toit de l'église

マリン　ラダ /Marin Rada　（ルーマニア /Romania）

クリスマス母のベゴニア卓上に

Christmas — on mother's foyer table red begonia

ナッキー　クリスティジーノ /Nuky Kristijino　（インドネシア /Indonesia）

カラフルな聖樹の下に贈り物

colourful presents under a tree — Christmas

リナ　ダルサ /Rina Darsa　（インドネシア /Indonesia）

子の夢の書かれた聖夜物語

conte de Noël écrit à plusieurs mains — du rêve pour tous les enfants

アンヌ－マリー　ジュベール－ガヤール /Anne-Marie Joubert-Gaillard

（フランス /France）

暖炉にはギフトのリスト聖誕祭

Noël — sur la cheminée Nora pose sa liste de cadeaux

スアド　ハイリ /Souad Hajri　（チュニジア /Tunisia）

杉の下に六足の靴クリスマス

Christmas — just six pairs of shoes under the tree
Noël — juste six pairs de chaussures sous le sapin

キュディレロ　プリュム /Cudillero Plume　（フランス /France）

大地には喜びの埃クリスマス

poussières de joie sur la Terre — rêve de Noël

カリーヌ　コシュト /Karine Cocheteux　（フランス /France）

クリスマスリース扉に蔦と赤き果樹

lierre et fruits rouges — sur la porte la couronne de Noël

フランソワーズ　デニオ－ルリエーヴル /Françoise Deniaud-Lelièvre

（フランス /France）

クリスマス心の中に距離はなし

fête de Noël — pas de distanciation dans nos cœurs

ファビオラ　マラー /Fabiola Marlah　（モーリシャス /Mauritius）

クリスマスギフト格子の毛布かな

mom's Christmas gift — a plaid blanket with images from my childhood
cadoul de Crăciun al mamei — o pătură în carouri cu imagini din copilăria
mea

ミレラ　ブライレーン /Mirela Brailean　（ルーマニア /Romania）

ベビーベッド作り変へたるクリスマス

first Christmas — my little boy remakes the crib
primo Natale — il piccolino rifà il presepe

カルメン　バスキエリ /Carmen Baschieri　（イタリア /Italy）

煙突につかへるサンタ降誕祭

childhood Christmas — Santa Claus stuck in the chimney

リナ　ダルサ /Rina Darsa　（インドネシア /Indonesia）

ひつそりとチャペルで祈る聖夜かな

Christmas Eve — her silent prayer in secluded chapel

ナッキー　クリスティジーノ /Nuky Kristijino　（インドネシア /Indonesia）

三世代集ふ厨やクリスマス

one day at Christmas — three generations in the kitchen
un giorno a Natale — tre generazioni in cucina

パオラ　トレビッソン /Paola Trevisson　（イタリア /Italy）

母娘聖夜しじまに聞く言葉

paroles et écoute — mère et fille dans le silence de Noël

アンヌ–マリー　ジュベール–ガヤール /Anne-Marie Joubert-Gaillard
（フランス /France）

祖父思ふ聖歌の慰問クリスマス

Christmas Eve — grandpa imagines that people come to carol

ミレラ　デゥマ /Mirela Duma　（ルーマニア /Romania）

クリスマスムード一色街にイブ

Christmas mood all color — Eve in the city
atmosfera natalizia tutto colore — Vigilia in cittá

アニコ　パップ /Papp Aniko　（ハンガリー /Hungary）

厨にて小さな祈りクリスマス

Christmas — little prayer in my kitchen

中野千秋 /Nakano Chiaki　（日本 /Japan）

ホットワイン香る聖夜の市場かな

Christmas market — hot wine smells
marché de Noël — le vin chaud embaume

向瀬美音 /Mukose Mine　（日本 /Japan）

動物

[どうぶつ・dobutsu] animals /animaux

熊 [くま・kuma]

bear / ours

There are two types found in Japan. They are good in climbing trees.

熊狩や雄叫びつつ響きたる

bear hunt — power of a single scream

シェリー　グラント /Sherry Grant　（オーストラリア /Australia）

目を凝らし滝を見つめてゐる子熊

the baby bear — with a piercing eye contemplate the waterfall

ザヤ　ユーカナ /Zaya Youkhanna　（オーストラリア /Australia）

吠える風熊は怯えて木の上に

クリスティーナ　チン /Christina Chin　（マレーシア /Malaysia）

冬眠 [とうみん・tomin]

hibernation / hibernation

In winter, some kind of animals stop eating and stop living staying as if sleeping.
Serpents, frogs, lizards, and temperature-controlled animals do.

冬眠や雪に埋もれた山の中

hibernation — the mountain under snow

ミレラ　ブライレーン /Mirela Brailean　（ルーマニア /Romania）

手術後の快復期間冬眠す

recovery period after surgery — hibernation

ザンザミ　イスマイル /Zamzami Ismail　（インドネシア /Indonesia）

冬眠や熊は蜂蜜夢見たる

hiberner — l'ours rêve de miel de printemps
hibernare — ursul visează mierea de primăvară

マリン　ラダ /Marin Rada　（ルーマニア /Romania）

冬眠のごとくにステイホームかな

juat stay at home — hibernation

アグネス　キナシ /Agnes Kinasih　（インドネシア /Indonesia）

冬眠や亀の素描を始めたる

Hibernation — sa première esquisse de tortue

カリーヌ　コシュト /Karine Cocheteux　（フランス /France）

冬眠の熊物乞の段ボール

hibernating bear — the beggar's cardboard house
orso in letargo — la casa di cartone del mendicante

アンジェラ　ジオルダーノ /Angela Giordano　（イタリア /Italy）

冬眠や　魂 欠ける隔離室
　　　たましひ

half of my soul is gone — hibernation in isolation room

ザンザミ　イスマイル /Zamzami Ismail　（インドネシア /Indonesia）

つくづくと人に冬眠あらまほし

hibernation — deep wish
hibernation — désir profound

向瀬美音 /Mukose Mine　（日本 /Japan）

狐 ［きつね・kitsune］

fox / renard

Nocturnal and carnivorous. In winter, it devours the field, seeking earthworms and food.

影動く林の中の狐かな

a fox among the forest trees — passing shadow
una volpe tra gli alberi del bosco — ombra di passaggio

ダニエラ　ミッソ/Daniela Misso　（イタリア/Italy）

狐と葡萄暖炉の前の冬ゆふべ

le renard et le raisin — soirée d'hiver devant la cheminée

アナ　メダ/Anna Meda　（イタリア/Italy）

狼 ［おおかみ・okami］

wolf / loup

Cat eyes, canines. In Japan, it became extinct in the Meiji era.

満月や狼の声遠くより

faint sound of wolf in a distance — full moon

リナ　ダルサ/Rina Darsa　（インドネシア/Indonesia）

狼の声を抱きて満月よ

wolf cries — a full moon embraces

シェリー　グラント/Sherry Grant　（ニュージーランド/New Zealand）

狼や山の麓の月明り

howl the wolf — dim the moonlight at the foot of the mountain

アユング　ヘルマワン/Ayung Hermawan　（インドネシア/Indonesia）

狼の飢えた目なり緋の欲望

rouge désir — yeux de loup affamé

カリーヌ　コシュト /Karine Cocheteux　（フランス /France）

兎 ［うさぎ・usagi］

rabbit, hare / lapin, lièvre

Rabbits are in the mountain area all year round, but it is a winter season word as rabbit hunting is done in winter. Some rabbits have whitish color in winter.

野兎の足跡雪の谷間かな

vallon enneigé — sur les traces du lièvre

フランソワーズ　デニオ‐ルリエーヴル /Françoise Deniaud-Lelièvre
（フランス /France）

小さき兎子等は秘密を託しけり

lapin nain — l'enfant confie tous ses secrets

カリーヌ　コシュト /Karine Cocheteux　（フランス /France）

白兎タオルが肌にふんはりと

the towel's fluffiness on my skin — rabbit

キンベリー　オルムタック /Kimberly Olmtak　（オランダ /Holland）

お伽話の兎が後についてくる

tales where — rabbits closely follow

シェリー　グラント /Sherry Grant　（ニュージーランド /New Zealand）

跳ぶ兎白き雲は風と流る

lapin sautillant — les nuages blancs filent avec le vent

ラチダ　ジェルビ /Rachida Jerbi　（チュニジア /Tunisia）

終はらなき笑ひ話や兎飛び

rabbit — funny story that never ends

ナニ　マリアニ /Nani Mariani　（オーストラリア /Australia）

冬の鵙 ［ふゆのもず・fuyunomozu］

winter bull-headed shrike / pie-grièche d'hiver

In autumn, the shrike, which was crying brightly, stops on a bare branch and quietly aims at the beasts in winter.

速贄の鳴き声高き冬の鵙

winter bull-headed shrike — a song enhanced by hayanie

ポール　カルス /Paul Callus　（マルタ /Malta）

梟 ［ふくろう・fukuro］

owl / chouette

It is active at night and eat mice and various insects.

影揺らす梟の声夜の底

nuit noire — les cris de la chouette font bouger les ombres

ラチダ　ジェルビ /Rachida Jerbi　（チュニジア /Tunisia）

梟の小さく羽ばたく寒さかな

evening chill — slight flutter of owl's wings

クリスティーナ　マルタン /Christina Martin　（フランス /France）

梟の声や毛布に潜り込み

hooting owl — my little girl hides under the blanket

ナッキー　クリスティジーノ /Nuky Kristijino　（インドネシア /Indonesia）

梟の声丘にある夜明けかな

le cri de la chouette — dans les collines lever du soleil

エウジェニア　パラシヴ /Eugénia Paraschiv　（ルーマニア /Romania）

飛ぶ梟闇の中なる鼠かな

an owl in flight — in the silence of the night a mouse

デニス　カンバロ /Dennis Cambarau　（イタリア /Italy）

三月十五日梟の鳴く夢の中

the ides of March — an owl hoots in my dream
le idi di marzo — un gufo grida nel mio sogno

ポール　カルス /Paul Callus　（マルタ /Malta）

梟や創造性を探す夜

owl — I look for creativity in the silence of the night

ポール　カルス /Paul Callus　（マルタ /Malta）

梟や葉を包み込む夜の風

owl — sound of night wind caressing the leaves

リナ　ダルサ /Rina Darsa　（インドネシア /Indonesia）

梟の恋や静かな寝入り端

owls in love — the silence before sleep

フランチェスコ　パラディノ /Francesco Palladino　（イタリア /Italy）

梟やビロードの羽鋭き眼

owl — velvet wings wandering hungry with searching eyes

プロビール　グプタ /Probir Gupta　（インド /India）

梟や探る目をして語らずに

owl — more seeing than speaking

プロビール　グプタ /Probir Gupta　（インド /India）

梟や囁く声の暗がりに

owl — sound of whispers in the dark

ナッキー　クリスティジーノ /Nuky Kristijino　（インドネシア /Indonesia）

梟や航海の無事祈りたる

owl — a wish for smooth sailing

キンベリー　オルムタック /Kimberly Olmtak　（オランダ /Holland）

鴨 ［かも・kamo］

duck / canard

It is a familiar waterbird that can be seen everywhere. It is roughly divided into those which live mainly in the sea and rivers. It comes from north and returns in spring.

鴨鳴いて親しき仲になりにけり

starting an amiable relationship — a duck chirps

ポール　カルス /Paul Callus　（マルタ /Malta）

政治家の論争止まぬ鴨の群

never-ending bickering of politicians — duck gathering

バーバラ　オルムタック /Barbara Olmtak　（オランダ /Holland）

ふざけつつ鴨の歩みの真似をせり

giggles — her imitation of the duck steps

ナッキー　クリスティジーノ /Nuky Kristijino　（インドネシア /Indonesia）

凍つる日の母の翼に子鴨かな

icy day — a little duck under her mum's wing

ローザ　マリア　ディ　サルヴァトーレ /Rosa Maria Di Salvatore
（イタリア /Italy）

湖に鴨パン屑小さきポケットに

| canards au lac — les petites poches pleines de miettes

| オルファ　クチュク　ブハディダ /Olfa Kchouk Bouhadida　（チュニジア /Tunisia）

鴨の道に日輪浮きて草の池

| étang herbeux — le soleil flottant sur le sentier des canards

| アブダラ　ハジイ /Abdallah Hajji　（モロッコ /Morocco）

鳰 [かいつぶり・kaitsuburi]

grebe / grèbe

Grebes are small and medium-large in size, have lobed toes, and are excellent swimmers and divers. Although they can run for short distances, they are prone to falling over, since they have their feet placed far back on their body.

かいつぶり笑窪の少年一人遊ぶ

| grebe — little boy with dimples playing alone

| タンポポ　アニス /Tanpopo Anis　（インドネシア /Indonesia）

母の背を離れぬ鳰や霧の朝

| matin de brume — accroché au dos de maman le petit grèbe huppé

| ラチダ　ジェルビ /Rachida jerbi　（チュニジア /Tunisia）

池に雪求愛中のかいつぶり

| show on the pond — grebes in their courtship ritual
| spectacol pe iaz — grebi în ritualul lor de împerechere

| ミレラ　ブライレーン / Mirela Brailean　（ルーマニア /Romania）

湖をゆく子を背に乗せてかいつぶり

| free ride on the lake — the grebe babies on their mother's back
| plimbare gratuită pe lac — bobocii de grebe pe spatele mamei lor

| ミレラ　ブライレーン / Mirela Brailean　（ルーマニア /Romania）

湖静か鳰立ててかいつぶり

silent lake — a grebe ripples the water

ダニエラ　ミッソ/Daniela Misso　（イタリア/Italy）

鶴 [つる・tsuru]

crane / grue

They come across from Siberia in autumn, spend winter in the fields, and leave again in spring. Due to their beautiful appareence, they have been popular as festive birds since ancient times. Cranes in Hokkaido are not migratory birds.

丹頂や足元揺るるファッションショー

her swaying treads on the catwalk — crane

キンベリー　オルムタック/Kimberly Olmtak　（オランダ/Holland）

夕暮に一本脚の鶴の影

sunset beach — the silhouette of a crane on one leg

リナ　ダルサ/Rina Darsa　（インドネシア/Indonesia）

丹頂やアンソロジーを待つてをり

looking forward to the anthology — crane

バーバラ　オルムタック/Barbara Olmtak　（オランダ/Holland）

鶴の群翼で吹雪掻き回す

a flock of cranes — the snow storm stirred by their wings

モナ　ヨーダン/Mona Iordan　（ルーマニア/Romania）

バレリーナのごと優美な鶴であり

crane — the graceful reflection of a ballerina

ポール　カルス/Paul Callus　（マルタ/Malta）

晴天や雲の後ろに鶴の影

> clear sky — behind the last cloud the shadow of a crane
> cielo terso — dietro l'ultima nuvola l'ombra di una gru
>
> アンジェラ　ジオルダーノ /Angela Giordano　（イタリア /Italy）

忍耐といふ静けさや鶴歩み

> a crane crosses my path — patience leads to tranquillity
>
> ポール　カルス /Paul Callus　（マルタ /Malta）

地平線に小さき雲あり鶴到来

> petits nuages sur le linge — l'arrivée des grues
>
> マリン　ラダ /Marin Rada　（ルーマニア /Romania）

薔薇色の湿原鶴の百歩かな

> marais tout rose — une grue fait les cent pas
>
> シュピー　モイサン /Choupie Moysan　（フランス /France）

集まれる鶴あり白き折り紙の

> des grues rassemblées — origami en papier blanc
>
> シュピー　モイサン /Choupie Moysan　（フランス /France）

鶴の舞氷の上の書道なり

> calligraphy on the ice — the cranes dance
> calligraphie sur la glace — la danse des grues
>
> マリー　フランス　エヴラール /Marie France Evrard　（ベルギー /Belgium）

白鳥 [はくちょう・hakucho]

swan / cygne

Waterbird. In winter, it comes from north and go through the winter.

黒鳥や神社を過ぎる美女一人

a pretty lady passing by the shrine — black swan

エヴァ　スー /Eva Su　（インドネシア /Indonesia）

白鳥の湖風と雲のシンフォニー

lac des cygnes — la blanche symphonie des nuages au vent

ラチダ　ジェルビ /Rachida Jerbi （チュニジア /Tunisia）

曳き舟や白鳥揺らす柳の影

chemin de halage — les cygnes troublent le reflet des saules

フランソワーズ　デニオ – ルリエーヴル /Françoise Deniaud-Lelièvre
（フランス /France）

透きとほる白鳥の魂冬の池

étang d'hiver — transparent le cœur blanc des cygnes

アブダラ　ハジイ /Abdallah Hajji　（モロッコ /Morocco）

凍る池白鳥羽を広げたる

étang gelé — un cygne déployant ses ailes

ベルナデット　クエン /Bernadette Couenne　（フランス /France）

白鳥や一歩ごと知らぬ風景

quelques cygnes — un paysage inconnu à chaque pas

エリック　デスピエール /Eric Despierre　（フランス /France）

忠実な白鳥の歌終はりなし

fidélité — le chant du cygne sans fin

エウジェニア　パラシヴ /Eugénia Paraschiv　（ルーマニア /Romania）

あかときや二羽の白鳥空の海へ

deux cygnes s'envolent sur l'océan céleste — l'aurore

アメル　ラディヒ　ベント　シャドリー /Amel Ladhibi Bent Chadly
（チュニジア /Tunisia）

滑りたる白鳥みづうみの平和

glisse en paix — un cygne sur le lac

アメル　ラディヒ　ベント　シャドリー /Amel Ladhibi Bent Chadly
（チュニジア /Tunisia）

白鳥や翼はためく青き空

white wings flapping in the blue sky — swan embroidery

プロビール　グプタ /Probir Gupta　（インド /India）

白鳥は星の世界へ夕間暮

quiet evening — a swan plunges into the stars
sera tranquill — un cigno si immerge dentro le stelle

アンジェラ　ジオルダーノ /Angela Giordano　（イタリア /Italy）

鱈 ［たら・tara］

cod, codfish / morue

The cod is about 80 cm to 1 meter long. You can fish it around the time of the first snow. It is a fish that Japanese people like.

初鱈や漁村の舞踏会のディナー

repas de gala au village de pêcheurs — première morue

ジャン‐リュック　ファーヴル /Jean-Luc Favre　（スイス /Suisse）

鱈の肝油扉の影にあるごとし

cod fish liver oil — the hiding behind the door

ナッキー　クリスティジーノ/Nuky Kristijino　（インドネシア/Indonesia）

牡蠣 [かき・kaki]

oyster / huitre

It attaches to the rock. We eat raw with lemon or bake it and add lemon.

牡蠣の皿一人で海を堪能す

plate of oysters — tasting the sea alone

フロラン　チオビカ/Florin C. Ciobica　（ルーマニア/Romania）

生牡蠣を食ぶ胃の中が海になり

eating raw oysters — my stomach become the sea

タンポポ　アニス/Tanpopo Anis　（インドネシア/Indonesia）

牡蠣を食ぶ真珠の粒を期待して

eating oysters — dreaming of pearls

ローザ　マリア　ディ　サルヴァトーレ/Rosa Maria Di Salvatore
（イタリア/Italy）

一皿の牡蠣食ひ海の記憶かな

oysters — the memory of sea in my plate

モナ　ヨーダン/Mona Iordan　（ルーマニア/Romania）

親族の集ふ夕餉や牡蠣の皿

oysters — chatter between relatives at dinner
ostriche — chiacchiere tra parenti a tavola

ダニエラ　ミッソ/Daniela Misso　（イタリア/Italy）

牡蠣食へば海の匂ひの真珠層

> huîtres — le parfum de toute la mer dans un morceau de nacre
>
> ラチダ　ジェルビ /Rachida Jerbi　（チュニジア /Tunisia）

凍蝶 [いてちょう・itecho]

butterfly suffering from cold temperature / papillom souffrant du froid

Butterfly that freezes due to the cold.

凍蝶や渦のごとくに雪しまき

> papillon souffrant du froid — tourbillons de neige
>
> ベルナデット　クエン /Bernadette Couenne　（フランス /France）

氷りたる蝶々のゐる万華鏡

> prisoner of the ice — the butterfly in kaleidoscope
> prisonnier de la glace — le papillon en kaléidoscope
>
> ナディン　ロビヤール /Nadine Robillard　（フランス /France）

凍えたる蝶々にそつと触れてみる

> her warm touch — butterfly suffering from cold temperature
>
> ナッキー　クリスティジーノ /Nuky Kristijino　（インドネシア /Indonesia）

暖房や蝶々の羽の冷たくて

> heating on — the cold wings of a butterfly
> riscaldamento acceso — le ali infreddolite di una farfalla
>
> マリア　テレサ　ピラス /Maria Teresa Piras　（イタリア /Italy）

箱の外雪に紛れて蝶の飛ぶ

> outside the box — a butterfly flies among the snowflakes
> fuori dagli schemi — una farfalla vola tra i fiocchi di neve
>
> マリア　テレサ　ピラス /Maria Teresa Piras　（イタリア /Italy）

凍蝶やこれが最後の飛翔とも

> butterfly suffering from cold temperature — it can be the last fly
> papillon souffrant du froid — ce sera le dernier vol

向瀬美音 /Mukose Mine　（日本 /Japan)

凍蝶を包む花弁のやはらかし

> soft petals — butterfly suffering from cold temperature wrapped
> douceur de pétale — papillon souffrant du froid enveloppe

向瀬美音 /Mukose Mine　（日本 /Japan)

植物 [しょくぶつ・shokubutsu] plant / plante

室咲 ［むろさき・murosaki］

indoor flower / fleur d'intérieur

Blooming spring and summer flowers in winter in greenhouse or rooms. Nowadays cyclamen, roses and orchids are in bloom.

室咲や小さな蕾妊娠し

new pregnancy — a small bud in the home pot
nuova gravidanza — un piccolo bocciolo nel vaso di casa

アンジェラ　ジオルダーノ /Angela Giordano　（イタリア /Italy）

手話といふ二人の世界室の花

house flower — two little girls talking in sign language

タンポポ　アニス /Tanpopo Anis　（インドネシア /Indonesia）

天国より続いてるやう室の花

fleurs d'intérieur — étendue du paradis

ソニア　ベン　アマール /Sonia Ben Amar　（チュニジア /Tunisia）

幸運な娘がここに室の花

the lucky girl in the world — indoor flower

ナニ　マリアニ /Nani Mariani　（オーストラリア /Australia）

室の花ひつそり開くわが才能

indoor flower — the talent within me blooms in isolation
fleur d'intérieur — le talent en moi fleurit dans l'isolement

ハッサン　ゼムリ /Hassane Zemmouri　（アルジェリア /Algeria）

室の花窓辺に若き乙女かな

indoor flower — a young girl at the window

ミレラ　ブライレーン /Mirela Brailean　（ルーマニア /Romania）

感情も芽吹かせたくて室の花

inner feelings wanting to sprout — indoor flower

キンベリー　オルムタック /Kimberly Olmtak　（オランダ /Holland）

自らを大地に合はす室の花

indoor flower — she lets herself be tamed by the earth
fleur d'intérieur — elle se laisse apprivoisée par la terre

キュディレロ　プリュム /Cudillero Plume　（フランス /France）

室の花君のそばの愛しき夜

fleur d'intérieur — auprès de toi la nuit plus belle

カメル　メスレム /Kamel Meslem　（アルジェリア /Algeria）

室の花自然に抱かる自粛かな

fleurs d'intérieur — entre les bras de la nature au confinement

オルファ　クチュク　ブハディダ /Olfa Kchouk Bouhadida　（チュニジア /Tunisia）

室の花君の匂ひの心地よき

a flower in the house — your body smells good
un fiore in casa — il tuo corpo profuma di buono

アンジェラ　ジオルダーノ /Angela Giordano　（イタリア /Italy）

室の花シンデレラ姫読む少女

indoor flower — a little girl reads Cinderella story
fleur d'intérieur — une petite fille lit l'histoire de Cendrillon

ハッサン　ゼムリ /Hassane Zemmouri　（アルジェリア /Algeria）

室の花美しき娘とをりぬ

fleur d'intérieur — la belle présence de ma fille

ファビオラ　マラー /Fabiola Marlah　（モーリシャス /Mauritius）

嬰の爪優しく切りぬ室の花

house flowers — tenderly trim her baby's nails

ザヤ　ユーカナ /Zaya Youkhanna　（オーストラリア /Australia）

室の花高揚しつつ友を待つ

indoor flower — rising mood to greet my old friend

ナッキー　クリスティジーノ /Nuky Kristijino　（インドネシア /Indonesia）

心地よく肌に触れたる室の花

comfortable in my own skin — indoor flower

バーバラ　オルムタック /Barbara Olmtak　（オランダ /Holland）

室の花母子に文字を教へたる

fleurs d'intérieur — maman apprend au petit l'alphabet

ムドハー　アル　イラキ /Mudhar al Iraqi　（イラク /Iraq）

幸せな夢から覚めて室の花

waking up from a happy dream — the flowers in the room
me réveille d'un rêve heureux — fleurs d'intérieur

向瀬美音 /Mukose Mine　（日本 /Japan）

山茶花 ［さざんか・sazanka］

sazanka / sazanka

It is an evergreen small tree with white and purple five-petaled flowers at the tips of its branches.

池の底見え山茶花の赤と白

bottom of the old pond — red and white of sazanka flowers

タンポポ　アニス /Tanpopo Anis　（インドネシア /Indonesia）

山茶花や子はうら若き女性へと

sazanka in bloom — my daughter has become a young lady

ミレラ　ブライレーン /Mirela Brailean　（ルーマニア /Romania）

山茶花や紅茶の香るシンフォニー

sazanka — émanant du thé une symphonie de parfums

ラチダ　ジェルビ /Rachida Jerbi　（チュニジア /Tunisia）

山茶花や嬉しき朝のをちこちに

everywhere joy blossoms when the sun rises — sazanka

キンベリー　オルムタック /Kimberly Olmtak　（オランダ /Holland）

山茶花の露は宝石朝日差す

jewels of sunbeams on sazanka dewdrops — morning sun

クリスティーナ　チン /Christina Chin　（マレーシア /Malaysia）

山茶花や抹茶いただく松の影

under high pine shade drinking tea — sazanka

キンベリー　オルムタック /Kimberly Olmtak　（オランダ /Holland）

山茶花や枝葉同士の意思疎通

a silent communication of leaves — sazanka

リナ　ダルサ /Rina Darsa　（インドネシア /Indonesia）

山茶花の散りたる中を箒の音

sazanka — petals silently falling the sound of broom

タンポポ　アニス /Tanpopo Anis　（インドネシア /Indonesia）

ポインセチア ［ぽいんせちあ・poinsechia］

poinsettia / poinsettia

When Christmas is near, we see it in flower shops. Red, pink and white flowers bloom around November and December.

ポインセチアもたれた窓に月明り

red poinsettias — leaning on my window now in the moonlight

クリスティーナ　チン /Christina Chin　（マレーシア /Malaysia）

喜びの炎ゆらめくポインセチア

poinsettias — the garden aflame with the spirit of joy

ポール　カルス /Paul Callus　（マルタ /Malta）

ポインセチアこの十字架に刻む愛

engraved true love on the cross — poinsettia

タンポポ　アニス /Tanpopo Anis　（インドネシア /Indonesia）

ポインセチアの赤白の待つ勝利の日

red and white waiting for victory day — poinsettia

ナニ　マリアニ /Nani Mariani　（オーストラリア /Australia）

ポインセチア人の想ひを映し出す

poinsettia — reflect the thoughts of people
stella di Natale — rifletti i pensieri delle persone

アニコ　パップ /Papp Aniko　（ハンガリー /Hungary）

蜜柑 ［みかん・mikan］

mandarin orange / mandarine, clémentine

It is native in warm fields facing South or West. The production area are Kyushu and Shikoku. The white flowers bloom in June.

朝まだきココアの中に蜜柑の香

primo mattino — odore d'arancia nella cioccolata

ジーナ　ボナセーラ /Gina Bonasera　（イタリア /Italy）

種のなき蜜柑故郷の味のせり

mandarine sans pépins — la saveur de mon pays natal

ナディア　ベン /Nadia Ben　（アルジェリア /Algeria）

部屋中に朝の匂ひやマンダリン

mandarins — the morning scent in the room
mandarini — il profumo mattutino nella stanza

アグネーゼ　ジアロンゴ /Agnese Giallongo　（イタリア /Italy）

暮の冬蜜柑の匂ふ暖炉かな

deep winter — the fireplace smells of mandarins
inverno profondo — il caminetto profuma di mandarini

マリア　テレサ　ピラス /Maria Teresa Piras　（イタリア /Italy）

みかん半分口に休暇の味残る

half clementine — in the mouth a remainder of holidays
demi-clémentine — dans la bouche un reste de vacances

キュディレロ　プリュム /Cudillero Plume　（フランス /France）

指先に蜜柑の匂ひ祖父母の家

grandparents' house — the smell of mandarins on your fingertips
casa dei nonni — l'odore dei mandarini sui polpastrelli

アンジェラ　ジオルダーノ /Angela Giordano　（イタリア /Italy）

冬の朝厨に匂ふマンダリン

winter morning — the fragrance of mandarin orange in my kitchen

ローザ　マリア　ディ　サルヴァトーレ /Rosa Maria Di Salvatore
（イタリア /Italy）

黄昏や蜜柑のやうな空の彩

pastel or tangerine — every evening a new painting in the sky
pastel ou mandarine — tous les soirs un nouveau tableau dans le ciel

キュディレロ　プリュム /Cudillero Plume　（フランス /France）

みかんの芯甘き言葉を渇望す

petit cœur mandarine — assoiffée de tes mots sucrés

カリーヌ　コシュト /Karine Cocheteux　（フランス /France）

甘き香を放ち滴る蜜柑かな

perfume running down my hands — mandarin juice

クリスティーナ　マルタン /Christina Martin　（フランス /France）

枯葉 ［かれは・kareha］

dead leaf / feuille morte

The leaves withered in winter. Various leaves that are still attached to the branches
and those that have fallen. What is attached to the branch is blown by the wind and
makes a sound.

枯葉舞ひ別れを告げる手紙かな

dead leaf — your farewell letter

ミレラ　ブライレーン /Mirela Brailean　（ルーマニア /Romania）

失ひし恋に枯葉の舞ひにけり

dead leaf — I am broken heart

ナニ　マリアニ /Nani Mariani　（オーストラリア /Australia）

いくつかは湖に散りゆく枯葉かな

Silence — some fallen leaves upon the lake
Silenzio — qualche foglia caduta sopra il lago

ダニエラ　ミッソ /Daniela Misso　（イタリア /Italy）

枯葉舞ふ寂しき心抱くごと

loneliness — autumn leaves fall like caresses
solitudine — foglie d'autunno cadono come carezze

ダニエラ　ミッソ /Daniela Misso　（イタリア /Italy）

枯葉舞ふ終盤となる物語

dead leaves — end of the story

リナ　ダルサ /Rina Darsa　（インドネシア /Indonesia）

ポストには枯葉積りて廃墟かな

feuilles mortes dans la boîte aux lettres — maison en ruine
frunze moarte în cutia poștală — casă în ruină

マリン　ラダ /Marin Rada　（ルーマニア /Romania）

枯葉舞ふ祖母の引き出しに骨董

foglia morta — odore d'antico nei cassetti di nonna

ジーナ　ボナセーラ /Gina Bonasera　（イタリア /Italy）

蟻の卵枯葉の下にありにけり

new life — ant eggs under the dead leaves

イン　イスマエル /In Ismael　（インドネシア /Indonesia）

歩の音の歌なり枯葉踏みにけり

stepping on the dead leaves — song of steps
marcher sur les feuilles mortes — la chanson des pas

向瀬美音 /Mukose Mine　（日本 /Japan）

落葉 ［おちば・ochiba］

fallen leaf / feuille mortes

From late autumn to winter, all deciduous trees shed their leaves. It shows scattered leaves. They cover ground and water surface.

午後の風窓に漂ふ落葉かな

fallen leaves drifting on my window — afternoon breeze

リナ　ダルサ /Rina Darsa　（インドネシア /Indonesia）

鎧戸の間（あい）に落葉の廃墟かな

maison en ruine — feuilles mortes entre les volets des fenêtres
casă în ruină — frunze moarte între obloanele ferestrelor

マリン　ラダ /Marin Rada　（ルーマニア /Romania）

雌猫の出産場所の落葉かな

feuilles mortes — un refuge de la chatte lors de son accouchement

オルファ　クチュク　ブハディダ /Olfa Kchouk Bouhadida　（チュニジア /Tunisia）

落葉して空の小舟の流れゆく

leaves fall — the river drags small empty boats
cadono foglie — il fiume trascina piccole barche vuote

アンジェラ　ジオルダーノ /Angela Giordano　（イタリア /Italy）

足元に葉の絨毯の軋む音

leaves — a creaking carpet underfoot
foglie — un tappeto scricchiolante sotto i piedi

アンジェラ　ジオルダーノ /Angela Giordano　（イタリア /Italy）

落葉や羽毛のごとく旋回し

downy feathers swirling to the ground — autumn leaves falling

キンベリー　オルムタック /Kimberly Olmtak　（オランダ /Holland）

落葉して水の煌めく橋渡る

crossing the bridge — water reflects fallen leaves

バーバラ　オルムタック /Barbara Olmtak　（オランダ /Holland）

音立てて落葉を踏んで車椅子

girl smiling in a wheelchair — the sound of stepping on fallen leaves

タンポポ　アニス /Tanpopo Anis　（インドネシア /Indonesia）

冬木立 ［ふゆこだち・fuyukodachi］

winter grove / bosquet d'hiver

Winter trees standing. Both fallen leaves and evergreens are winter trees, but the winter dead trees that have lost their leaves are lonely.

冬木立雪に覆はれ赤き門

red sacred gate quite white with snow — winter grove

クリスティーナ　チン /Christina Chin　（マレーシア /Malaysia）

冬木立予測は出来ぬ旅の果て

winter grove — an unexpected end to our journey

エヴァ　スー /Eva Su　（インドネシア /Indonesia）

冬苺 ［ふゆいちご・fuyuichigo］

winter strawberry / fraise d'hiver

Evergreen small tree. White five-petaled flowers bloom in the mountains in summer, and red fruits illuminate in winter, which is edible.

冬苺君のくちびるまで甘し

winter strawberry — her lips taste sweet

リナ　ダルサ /Rina Darsa　（インドネシア /Indonesia）

キスの味やや酸つぱくて冬苺

> fraise d'hiver — le goût acidulé de ses bisous

> > ラチダ　ジェルビ /Rachida Jerbi　（チュニジア /Tunisia）

キッチンに注ぐ日差しや冬苺

> sunlight in my kitchen — winter strawberries on the plate

> > タンポポ　アニス /Tanpopo Anis　（インドネシア /Indonesia）

冬苺口尖らせて飛ばすキス

> pouting her red lips blowing a kiss — winter strawberry

> > バーバラ　オルムタック /Barbara Olmtak　（オランダ /Holland）

くちびるに冬の苺の匂ひかな

> your strawberry-scented lips — winter first fruits
> le tue labbra profumate di fragola — primizie invernali

> > アンジェラ　ジオルダーノ /Angela Giordano　（イタリア /Italy）

母のために冬の苺のパンケーキ

> mother's delight — winter strawberries on her rich pancake

> > ナッキー　クリスティジーノ /Nuky Kristijino　（インドネシア /Indonesia）

水仙 ［すいせん・suisen］

narcissus / narcisse, jonquille d'hiver

Perennial. The flowers are trumpet-shaped. It has a refreshing scent.

水仙花皺だらけの手に良き香り

> narciso — su mani rugose petali odorosi

> > ジーナ　ボナセーラ /Gina Bonasera　（イタリア /Italy）

水仙や香り強める夜の風

increasing strength of narcissus scent — night breeze

タンポポ　アニス /Tanpopo Anis　（インドネシア /Indonesia）

水仙や雪の下より地の息吹

le souffle de la terre sous la neige — jonquilles d'hiver

マリン　ラダ /Marin Rada　（ルーマニア /Romania）

水仙花川辺に影とゐる農婦

narcisse — au bord du fleuve, la paysanne flirte avec son reflet

アブダラ　ハジイ /Abdallah Hajji　（モロッコ /Morocco）

水仙の静かに咲きて自粛かな

couvre-feu — les narcisses poussent en silence

フランソワーズ　モリス /Francoise Maurice　（フランス /France）

恋に落つ雪の中なる水仙花

blomming narcissus flower among snow — falling in love

アドニ　シザー /Adoni Cizar　（シリア /Syria）

水仙花母の思ひ出ここにある

narcissi — the memory of my mother so enveloping
narcisi — il ricordo di mia madre così avvolgente

アンジェラ　ジオルダーノ /Angela Giordano　（イタリア /Italy）

水仙や若さ輝く美しさ

mesmerizing her youthful beauty — narcissus

ナッキー　クリスティジーノ /Nuky Kristijino　（インドネシア /Indonesia）

水仙や恋と孤独は隣り合ひ

> narcissi — love is next to solitude
> narcisses — l'amour est à coteé de la solitude

向瀬美音 /Mukose Mine　（日本 /Japan）

カトレア ［かとれあ・katorea］

cattleya, orchid / cattleya, orchidée

White, yellow, purple, just the queen of flowers. It blooms from winter to spring.

蘭の花窓辺に虹のやつて来る

> your rainbow visit at my window — orchid

プロビール　グプタ /Probir Gupta　（インド /India）

蘭の花つま先立ちで踊る影

> a slender black figure dancing on grassy toes — orchid

プロビール　グプタ /Probir Gupta　（インド /India）

初めての聖餐式や白き蘭

> white orchids — little girls at their first communion

ミレラ　ブライレーン /Mirela Brailean　（ルーマニア /Romania）

祭壇へ司祭の会釈蘭の花

> the priest bows before the altar — orchidee
> il sacerdote s'inchina innanzi all'altare — orchidee

デニス　カンバロ /Dennis Cambarau　（イタリア /Italy）

蘭の花和解の言葉囁きて

> an orchid in the bedroom — whispers of reconciliation

ポール　カルス /Paul Callus　（マルタ /Malta）

眠る蘭鳥の止まる地平線

orchidées — nom de rue aux multiples parfums

ジャン‐リュック　ファーヴル /Jean-Luc Favre　（スイス /Suisse）

カトレアや自由はかくも孤独なる

cattleya — freedom is so lonely
cattleya — la liberté est si seule

向瀬美音 /Mukose Mine　（日本 /Japan）

声もまたエロスの一つ蘭の花

white orchids — voice is also eros
orchidées — la voix est aussi éros

向瀬美音 /Mukose Mine　（日本 /Japan）

枯蓮 ［かれはす・karehasu］

dead lotus / lotus fané

It is the lotus when the cold wind blows.

終はらなき旅の途中の枯はちす

the withered lotus on its pond — unfinished journey
le lotus fané sur son étang — voyage inachevé

ナディン　ロビヤール /Nadine Robillard　（フランス /France）

冬の日の埋葬であり枯はちす

dead lotus — winter burial

クリスティーナ /Christina Sng　（シンガポール /Shingapore）

人生の美学はここに枯はちす

dead lotus — in the eyes the beauty of life
loto morto — negli occhi la bellezza della vita

アンジェラ　ジオルダーノ /Angela Giordano　（イタリア /Italy）

枯蓮や心揺れたる君の門出

lotus fané — son départ agite mes pensées

カメル　メスレム /Kamel Meslem　（アルジェリア /Algeria）

枯はちす初めて恋に落ちにけり

l'amoureuse sans passé — lotus fané

エウジェニア　パラシヴ /Eugénia Paraschiv　（ルーマニア /Romania）

ひと葉ごと大切にする枯はちす

lotus fanés — je réinvente chaque pétale respectueusement

カディジャ　エル　ブルカディ /Khadija El Bourkadi　（モロッコ /Morocco）

枯蓮や冬窓越しに見てをりぬ

lotus fané — elle regarde l'hiver derrière la fenêtre

フランソリーズ　モリス /Françoise Maurice　（フランス /France）

枯蓮の奥に潜める浄土かな

withered lotus — inside hidden paradise
lotus fané — a l'intérieur paradis caché

向瀬美音 /Mukose Mine　（日本 /Japan）

ブロッコリー ［ぶろっこりー・burokkori］

broccoli / broccoli

Broccolis have Vitamins A and C are abundant and are used in salads. They are lined in stores all year round, but the original season is winter.

ブロッコリー彼の言葉の生々し

raw taste in his words — broccoli

プロビール　グプタ /Probir Gupta　（インド /India）

ブロッコリー小人の国の木を鍋に

lilliputian trees in the pot — broccoli
alberi lillipuziani nel piatto — broccoli

アンジェラ　ジオルダーノ /Angela Giordano　（イタリア /Italy）

初物やブロッコリーの美しさ

chez le primeur les bouquets de broccoli — quel panache

ラチダ　ジェルビ /Rachida Jerbi　（チュニジア /Tunisia）

セロリ ［せろり・serori］

celery / céleri

さくさくと緑を噛みてセロリかな

celery — a crispy green under teeth
sedano — un verde croccante sotto i denti

ダニエラ　ミッソ /Daniela Misso　（イタリア /Italy）

子の皿に小さき枝葉のセロリかな

small leaves on edge of a child's plate — celery

ザンザミ　イスマイル /Zamzami Ismail　（インドネシア /Indonesia）

新年

[しんねん・shinnen]

new year / nouvelle année

時候 [じこう・jiko] season / saison

新年 [しんねん・shinnen]

New Year / Nouvel An

Beginning of the year. The beginning of the lunar year was around the beginning of spring, so the ancient calendar called it "early spring".

両親より新年祝ふ手紙受く

far away from my parents — so fresh their letter for New Year
si loin de mes parents — si fraîche leur lettre pour le Nouvel An

フロランス　ミュールバッハ /Florence Mühlebach　（フランス /France）

一言はしじまを壊す年新た

Nouvelle Année — un mot pour briser ce silence

ファビオラ　マラー /Fabiola Marlah　（モーリシャス /Mauritius）

年新た影は短くなりにけり

Nouvel An — des ombres raccourcissent

エルヴェ　ル　ガル /Hervé Le Gall　（フランス /France）

新年のワインを開ける一人かな

welcoming New Year — no one shares my bottle of wine

ナッキー　クリスティジーノ /Nuky Kristijino　（インドネシア /Indonesia）

年明くる再出発のできたなら

New Year — we could start again!
capodanno — si potesse ricominciare!

ステファニア　アンドレオニ /Stefania Andreoni　（イタリア /Italy）

年明くる嬰の帽子を刺繍して

New Year — embroidering a hat for the newborn
capodanno — ricamando un cappellino per il neonato

マリア　テレサ　ピラス /Maria Teresa Piras　（イタリア /Italy）

新年や挨拶をするトムとジェリー

New Year — greetings from Tom and Jerry
Anno Nuovo — saluti da Tom e Jerry

アニコ　パップ/Papp Aniko　（ハンガリー/Hungary）

年新た稚児の一歩のたくましき

New Year — the first step of baby is strong
Nouvel An — le premier pas d'un bebe est vigoureux

向瀬美音/Mukose Mine　（日本/Japan）

去年今年 ［こぞことし・kozokotoshi］

Around midnight of the 31 December / vers minuit du 31 Décembre

Year will change on New Year's Eve. It is called "last year" and it is called "this year". It is around 0 am of the 1st January. It is speedy and we have deep emotion.

去年今年橋の向こうに手が伸びて

minuit du jour de l'an — de l'autre côté du pont

アンヌ – マリー　ジュベール – ガヤール/Anne-Marie Joubert-Gaillard
（フランス/France）

四十雀の飛翔ありけり去年今年

dans l'entre-deux de ce jour de l'an — l'envolée d'une mésange

ジェラール　マレシャル/Gérard Maréchal　（フランス/France）

去年今年かつこう時計忙しなく

the midnight between years — busy cuckoo clocks

モナ　ヨーダン/Mona Iordan　（ルーマニア/Romania）

元日 ［がんじつ・ganjitsu］

New Year's Day / Jour de l'An

1st January. It is the first day of the year. In the old calendar, it was around the beginning of spring, but in the new calendar, it is the middle of winter.

まつさらな白紙のやうにお元日

a blank sheet of white paper — New Year's Day

プロビール　グプタ /Probir Gupta　（インド /India）

ページ捲る前に空見る大旦

Jour de l'An — j'observe le ciel avant de tourner la page

ファビオラ　マラー /Fabiola Marlah　（モーリシャス /Mauritius）

元日や前進のためもう一歩

New Years Day — one more step forward

ナニ　マリアニ /Nani Mariani　（オーストラリア /Australia）

元日や日記の最初書いてをり

New Year's Day — writing on the first page of my diary

ローザ　マリア　ディ　サルヴァトーレ /Rosa Maria Di Salvatore
（イタリア /Italy）

白き蘭咲き誇りたるお元日

Nouvel An — une orchidée blanche

ベルナデット　クエン /Bernadette Couenne　（フランス /France）

元旦や家族集ひて懐かしき

New Year's Day — I really miss my family

ナニ　マリアニ /Nani Mariani　（オーストラリア /Australia）

元日や新たな太陽現れて

Jour de l'An — un nouveau soleil vient d'éclore

ジゼル　エヴロット /Gisèle Evrot　（フランス /France）

誰もゐぬシャンゼリゼなり２０２１大旦

Champs Elysées déserts — premier de l'an 2021

ベルナデット　クエン /Bernadette Couenne　（フランス /France）

元旦や子供のための色鉛筆

premier Jour de l'Année — crayons de couleur pour mon enfant
prima zi din an — creioane colorate pentru copilul meu

マリン　ラダ /Marin Rada　（ルーマニア /Romania）

元旦や陰と陽なるハーモニー

premier Jour de l'Année — l'eau l'air harmonie du yin et du yang

イザベル　カルヴァロ　テールス /Isabelle Carvalho Teles　（フランス /France）

元旦やコーヒーに浮く白き泡

premier Jour de l'Année — une mousse flottante sur mon café

ソニア　ベン　アマール /Sonia Ben Amar　（チュニジア /Tunisia）

陽は松の天辺照らす大旦

premier Jour de l'An — allumée par l'aube la cime des pins

フランソワーズ　モリス /Françoise Maurice　（フランス /France）

元日の夜月の触るるしじまかな

soirée du premier jour — la lune effleure le silence

エリック　デスピエール /Eric Despierre　（フランス /France）

元日や砂漠に薔薇の咲くごとく

New Year's Day — a desert rose blossoms

クリスティーナ　チン /Christina Chin　（マレーシア /Malaysia）

右足より初めてみようお元日

let's start with the right foot — New Year's Day

ザンザミ　イスマイル /Zamzami Ismail　（インドネシア /Indonesia）

元日やより高らかに鳥の声

the tune of a bird in a higher voice pitch — New Year's day

バーバラ　オルムタック /Barbara Olmtak　（オランダ /Holland）

元日や眉に何やら白きもの

New Year's Day — a white hair in my eyebrow

ザヤ　ユーカナ /Zaya Youkhanna　（オーストラリア /Australia）

元日や占つてゐる君の愛

vœux de l'An — un peu beaucoup passionnément

カリーヌ　コシュト /Karine Cocheteux　（フランス /France）

元日や君の瞳に青き空

premier Jour de l'Année — dans tes yeux le bleu du ciel

イザベル　カルヴァロ　テールス /Isabelle Carvalho Teles　（フランス /France）

元日や風は最後の花弁吹き

premier Jour de l'An — le vent souffle sur les derniers pétales

アンヌ　ドローム /Anne Delorme　（フランス /France）

天文

[てんもん・tenmon] astronomy / astronomie

初空 [はつぞら・hatsuzora]

first sky of the year / le premier ciel de l'année

The morning sky on New Year's Day. The sky looking up with the fresh and clean heart of the New Year. We are pleased with the clear sky.

糸杉の景色の先の初御空

the first sky of the year — beautiful scenery adorns the cypress tree

ナニ　マリアニ /Nani Mariani　（オーストラリア /Australia）

初空や雲には雲の音楽が

premier ciel de l'année — une note sur chaque nuage

コリーヌ　フェニックス /Corinne P-Phoenix　（フランス /France）

初空や輝く日輪我照らし

le premier ciel de l'année — un soleil éclatant rayonne en moi

ファビオラ　マラー /Fabiola Marlah　（モーリシャス /Mauritius）

初空に希望の未来広ごりぬ

first sky of the year — looking with hope to the future

ミレラ　ブライレーン /Mirela Brailean　（ルーマニア /Romania）

初空やすべての希望託しつつ

first sky of the year — I entrust all my hopes

ミレラ　ブライレーン /Mirela Brailean　（ルーマニア /Romania）

初空やぬくき君の手肌に触れ

soleil froid du nouvel an — ta paume aussi chaude contre ma peau

シュピー　モイサン /Choupie Moysan　（フランス /France）

初空や椰子の木登る農夫の目

le premier ciel de l'année — le regard du paysan grimpe ses palmiers

アブダラ　ハジイ /Abdallah Hajji　（モロッコ /Morocco)

初空や君の瞳の蒼きこと

le bleu insaisissable de ses yeux — premier ciel de l'année

ラチダ　ジェルビ /Rachida Jerbi　（チュニジア /Tunisia)

珈琲は幸せの味初御空

the full taste of happiness in each sip of coffee — first sky of the year

バーバラ　オルムタック /Barbara Olmtak　（オランダ /Holland)

深々と呼吸をしたり初御空

first sky of the year — breathing in deeply

アストリッド　オルムベルグ /Astrid Olmberg　（オランダ /Holland)

平面の地球にドーム初御空

first sky of the year — a dome on flat earth

フランチェスコ　パラディノ /Francesco Palladino　（イタリア /Italy)

星よりも好きな君の目初御空

rimul cer al anului — dintre toate stelele iubesc ochii tăi
premier ciel de l'année — de toutes les étoiles j'aime tes yeux

マリン　ラダ /Marin Rada　（ルーマニア /Romania)

まつさらな心持つ嬰初御空

le premier ciel de l'année — tout blanc le cœur du nouveau-né

スアド　ハイリ /Souad Hajri　（チュニジア /Tunisia)

初明り [はつあかり・hatsuakari]

first daybreak of the year / la première lueur de l'année

The sunlight that can be dyed from the shade of the mountain and the shade of the forest at the dawn of New Year's day.

丁寧に感謝の祈り初明り

New Year's sunrise — her long prayer of gratitudes

ナッキー　クリスティジーノ/Nuky Kristijino　（インドネシア/Indonesia）

新しき希望あまたや初明り

thousands of new hopes — first dawn

シウ　ホング - イレーヌ　タン/Siu Hong-Irene Tan　（インドネシア/Indonesia）

やどりぎの下に悔ひあり初明り

as a gift under the mistletoe my regrets — New Year's dawn
in dono sotto il vischio i miei rimpianti — alba del nuovo anno

アナ　メダ/Anna Meda　（イタリア/Italy）

雪山のゲレンデよりの初明り

aube du jour de l'an — être sur les pistes de ski avec la première lumière du soleil

アンヌ - マリー　ジュベール - ガヤール/Anne-Marie Joubert-Gaillard
（フランス/France）

窓枠に止まる鷗や初明り

first dawn — a seagull alights on my window sill

モナ　ヨーダン/Mona Iordan　（ルーマニア/Romania）

若き木々笑ひたる初明りかな

première aube — le sourire des jeunes arbres

カメル　メスレム/Kamel Meslem　（アルジェリア/Algeria）

初明り煌く色は空満たし

premier matin — la couleur éclatante remplit le ciel

カメル　メスレム /Kamel Meslem　（アルジェリア /Algeria）

万象の中の私も初日浴ぶ

first dawn — I also bathe in all things
première aube — je me baigne aussi en toutes choses

向瀬美音 /Mukose Mine　（日本 /Japan）

初東風 ［はつこち・hatsukochi］

first east wind of the year / le premier vent d'est de l'année

East wind blows for the first time in the New Year. The word "east wind" makes us feel the arrival of spring but it is still a cold wind.

初東風や窓に新たな匂ひして

a new perfume on the windowsill — first wind from the east
sul davanzale un nuovo profumo — primo vento da est

アンジェラ　ジオルダーノ /Angela Giordano　（イタリア /Italy）

初東風や愛の火花の飛び散りて

premier vent d'est — une étincelle d'amour

エウジェニア　パラシヴ /Eugénia Paraschiv　（ルーマニア /Romania）

初東風やじやらじやら混ぜて麻雀牌

the clack of shuffling mahjong tiles — first east wind of the year

バーバラ　オルムタック /Barbara Olmtak　（オランダ /Holland）

初東風に惜しみなく髪放ちけり

first east wind of the year — I generously throw hair away
premier vent d'est — je jette mes cheveux généreusement

向瀬美音 /Mukose Mine　（日本 /Japan）

初霞 [はつがすみ・hatsugasumi]

first haze of the year / première brume de l'année

haze in the mountain area in New Year.

明確な願ひを胸に初霞

the first haze of the year — my clear desires

ミレラ　ブライレーン /Mirela Brailean　（ルーマニア /Romania）

生活 ［せいかつ・seikatsu］ life / vie

年賀状 [ねんがじょう・nengajo]

New Year's greeting card / carte de voeux du Nouvel An

Postcard and letter to exchange New Year's greeting. If it comes out by the end of the year, it will be delivered all at once on the New Year's Day. You can also know the fate of old friends. It is one of New Year's fun to read the New Year's cards that you received.

年賀状手書きの言葉温かき

New Year's card — the warmth of handwritten words
carte du Nouvel An — la chaleur des mots écrits à la main

キュディレロ　プリュム /Cudillero Plume　（フランス /France）

小さき文字大きな心年賀状

carte de vœux — si petite son écriture mais si grand son cœur

ジゼル　エヴロット /Gisèle Evrot　（フランス /France）

賀状来てしみじみ一句書きにけり

New Year's greeting card — writing a haiku to welcome it

ローザ　マリア　ディ　サルヴァトーレ /Rosa Maria Di Salvatore
（イタリア /Italy）

新年のカードを開く隔離室

isolation room — open New Year's cards one by one

イン　イスマエル /In Ismael　（インドネシア /Indonesia）

年賀状薔薇と「愛してる」と書きぬ

carte du Nouvel An — des roses et un je t'aime

アンヌ – マリー　ジュベール – ガヤール /Anne-Marie Joubert-Gaillard
（フランス /France）

年賀状心に千の星込めて

carte du Nouvel An — milliers d'étoiles dans le cœur

カリーヌ　コシュト /Karine Cocheteux　（フランス /France）

読初 ［よみぞめ・yomizome］

first reading / première lecture

Read a book at the beginning of the year.

読初の紙面のインク匂ひけり

first reading — the fresh smell of ink on the pages

ミレラ　ブライレーン /Mirela Brailean　（ルーマニア /Romania）

読初や聖歌隊には子等の声

first reading — children's voices in the church choir

ミレラ　ブライレーン /Mirela Brailean　（ルーマニア /Romania）

読初は世界の合同句集かな

anthologie de haijins du monde — première lecture de l'an

アンヌ-マリー　ジュベール-ガヤール /Anne-Marie Joubert-Gaillard
（フランス /France）

読初や波の頂に書く詩

première lecture — crêtes des vagues écrivent un haïku

アメル　ラディヒ　ベント　シャドリー /Amel Ladhibi Bent Chadly
（チュニジア /Tunisia）

読初や占ひにあるわが思ひ

first reading — divination analyzes my thoughts

ザヤ　ユーカナ /Zaya Youkhanna　（オーストラリア /Australia）

姫始め ［ひめはじめ・himehajime］

first making love of the year / premier amour de l'année

There are several meanings in the word of "hime (princess)". In general it is "secret", the first making love in the year.

姫始め薔薇の蕾の解けゆく

first making love — the rosebud opens

ミレラ　ブライレーン /Mirela Brailean　（ルーマニア /Romania）

姫始め渇いた薔薇の香して

rose séchée — parfum du premier amour

カリーヌ　コシュト /Karine Cocheteux　（フランス /France）

姫始め露の滴に陽の音よ

premier amour — le son du soleil dans une goutte de rosée

エウジェニア　パラシヴ /Eugénia Paraschiv　（ルーマニア /Romania）

姫始お伽話の生まれけり

first making love — a fairy tale was born

アストリッド　オルムベルグ /Astrid Olmberg　（オランダ /Holland）

姫始め天地創造なる神秘

first making love — the mystery of Creation
premier amour — le mystère de la Création

向瀬美音 /Mukose Mine　（日本 /Japan）

初電話 [はつでんわ・hatsudennwa]

first telephone of the year / premier téléphone de l'année

New Year, speaking on the phone for the first time. Exchanging the New Year's greetings.

指先にためらひのあり初電話

first telephone — my finger hesitate next to your name

ミレラ　ブライレーン /Mirela Brailean　（ルーマニア /Romania）

ときめきの霧を潜りて初電話

premier téléphone — à travers la brume d'émoi

エウジェニア　パラシヴ /Eugénia Paraschiv　（ルーマニア /Romania）

初電話いとあたたかき母の声

first phone — the warm voice of my mother

ミレラ　ブライレーン /Mirela Brailean　（ルーマニア /Romania）

初電話耳につけたるスピーカー

first phone — the speakerphone to the ear
premier téléphone — le combiné porte-parole à l'oreille

キュディレロ　プリュム /Cudillero Plume　（フランス /France）

初電話大西洋を越えて来る

first phone — voice across the Atlantic
premier téléphone — voix de l'outre atlantique

向瀬美音 /Mukose Mine　（日本 /Japan）

初鏡 [はつかがみ・hatsukagami]

first make up of the year / premier maquillage de l'année

To the mirror first time in the New Year. Or its mirror itself.

右利きの世界にをりぬ初鏡

first mirror — I am in the right-handed world

タンポポ　アニス /Tanpopo Anis　（インドネシア /Indonesia)

大きな目薄き唇初鏡

her thin lips and big eyes — first make up

マフィズディン　チュードハリー /Mafizuddin Chowdhury　（インド /India)

口紅をすこし赤めに初鏡

the first makeup — a lipstick a little redder

ミレラ　ブライレーン /Mirela Brailean　（ルーマニア /Romania)

自らを赦すことより初鏡

immersing in self-forgiveness — first mirror

バーバラ　オルムタック /Barbara Olmtak　（オランダ /Holland)

君の目にわれの映りて初鏡

first mirror — I see myself in your eyes

ミレラ　ブライレーン /Mirela Brailean　（ルーマニア /Romania)

初鏡そこには母の顔のあり

first mirror — looking at the face of my mother

キンベリー　オルムタック /Kimberly Olmtak　（オランダ /Holland)

魂の半分はここ初鏡

half of his soul is still in isolation room — first mirror

ザンザミ　イスマイル /Zamzami Ismail　（インドネシア /Indonesia)

微笑みに涙の筋や初鏡

first mirror — traces of tears on my smile

イン　イスマエル /In Ismael　（インドネシア /Indonesia）

初化粧すべてのマスク風の中

first make up — all the masks in wind

エウジェニア　パラシヴ /Eugénia Paraschiv　（ルーマニア /Romania）

本当の自分に出会ふ初鏡

meeting your true self — first mirror
incontrare il tuo vero io — primo specchio

アニコ　パップ /Papp Aniko　（ハンガリー /Hungary）

初髪 [はつかみ・hatsukami]

first hair brushing of the year / premiere coiffure de l'année

The hair that we got for the first time in New Year. Originally used for Japanese hairstyle, but now we also say to Western hairstyle.

初髪やうなじに巻き毛残したる

premier chignon — quelques boucles sur sa nuque délicate

アンヌ – マリー　ジュベール – ガヤール /Anne-Marie Joubert-Gaillard
（フランス /France）

初髪や触れられしこと忘れずに

still can feel your finger gently — my first hair brushing

フォーズル　エル　ヌルカ /Fauzul el Nurca　（インドネシア /Indonesia）

初髪や祭の終はりまで踊り

première coiffure — elle danse jusqu'à la fin de la fête

オルファ　クチュク　ブハディダ /Olfa Kchouk Bouhadida　（チュニジア /Tunisia）

初髪やオリーブの芽をむしり取り

première coiffure — j'arrache les bourgeons à mes oliviers

アブダラ　ハジイ /Abdallah Hajji　（モロッコ /Morocco）

初髪や君の成功願ふキス

premier chignon — je t'embrasse et te souhaite une bonne continuation de tous tes projets

アンヌ　ドローム /Anne Delorme　（フランス /France）

初髪ややがて崩るるシニヨンを

my first chignon — soon collapsed by you
premier chignon — bientôt decoiffé par toi

向瀬美音 /Mukose Mine　（日本 /Japan）

独楽 ［こま・koma］

top / toupie

One of the New Year's boys' play equipment. One of the typical indoor and outdoor New Year play.

独楽回る空の神秘のダンスとも

toupie — le mystique danse au ciel

アブダラ　ハジイ /Abdallah Hajji　（モロッコ /Morocco）

独楽回る再び巡る季節かな

spinning top — the seasons roll around again

モナ　ヨーダン /Mona Iordan　（ルーマニア /Romania）

祖母語るロマンスのあり狂ふ独楽

folle toupie — une grand mère raconte une romance

エリック　デスピエール /Eric Despierre　（フランス /France）

独楽回る頭の夢も回りけり

tournent tournent les rêves dans sa tête — toupie

アンヌ - マリー　ジュベール - ガヤール /Anne-Marie Joubert-Gaillard

（フランス /France）

幼少期の木の独楽冬のロンドかな

ronde d'hiver — toupie en bois d'enfance

カリーヌ　コシュト /Karine Cocheteux　（フランス /France）

手から手にチョンかけ独楽のよく回る

from hand to hand — chonkake-top turns well
de main en main — chonkake-toupie tourne bien

向瀬美音 /Mukose Mine　（日本 /Japan）

初旅 ［はつたび・hatsutabi］

first travel of the year / premier voyage de l'année

Being on a journey for the first time in the new year. The year is renewed, it will be a journey with a different mind.

初旅やスーツケースに夢いくつ

premier voyage — quelques rêves dans sa valise

アメル　ラディヒ　ベント　シャドリー /Amel Ladhibi Bent Chadly

（チュニジア /Tunisia）

初旅や道も足跡もなき森

premier voyage — une forêt sans chemins sans trace

エウジェニア　パラシヴ /Eugénia Paraschiv　（ルーマニア /Romania）

初旅や風は足跡消してをり

premier voyage — le vent efface l'empreinte de ses pas

ジャン - リュック　ファーヴル /Jean-Luc Favre　（スイス /Suisse）

初旅や稚児の歩みは迷ひたる

premier voyage — les pas hésitants du bébé

クローディア　ラモナ　コド /Claudia Ramona Codau　（フランス /France）

初旅の船の汽笛の長きこと

long whistle of the sailing ship — first travel

ナッキー　クリスティジーノ /Nuky Kristijino　（インドネシア /Indonesia）

初旅やわれの自由を追ひかけて

first trip — chasing my freedom
primo viaggio — inseguendo la mia libertà

アンジェラ　ジオルダーノ /Angela Giordano　（イタリア /Italy）

初旅や山また山の屋根の先

behind the roofs mountains and mountains — first travel
dietro i tetti montagne e montagne — primo viaggio

ダニエラ　ミッソ /Daniela Misso　（イタリア /Italy）

記憶にはイメージひとつ旅始め

premier voyage — dans ma mémoire une image

カメル　メスレム /Kamel Meslem　（アルジェリア /Algeria）

初旅や小さき子供の最初の歩

first trip — first step of baby
premier voyage — premier pas d'un bébé

向瀬美音 /Mukose Mine　（日本 /Japan）

初夢 [はつゆめ・hatsuyume]

first dream of the year / premier rêve de l'année

Dream that you see on the night of the New Year or the morning of January 2nd. Some dreams that are seen on the night of the second day are called "first dreams". There is "first Fuji second hawk third eggplant" as the auspicious first dream, but wishing for the good dream, and sleeping with the treasure ship under the pillow, because the bad dream is "eaten by tapir", we lay down the picture of tapir under the pillow.

初夢や亡き恋人を呼び戻し

first dream — she summons her departed loved ones

キュディレロ　プリュム /Cudillero Plume　（フランス /France）

初夢は母の最後の姿なり

premier rêve — la dernière image de sa maman

オルファ　クチュク　ブハディダ /Olfa Kchouk Bouhadida　（チュニジア /Tunisia）

黄昏や砂漠の上の夢はじめ

coucher de soleil — premier rêve sur la dune

カリーヌ　コシュト /Karine Cocheteux　（フランス /France）

砂浜にシンクロする歩夢始め

nos pas synchronisés sur la plage — rêve nostalgie

イスマーヘン　カーン /Ismahen Khan　（チュニジア /Tunisia）

初夢や雪は天窓まで上り

premier rêve de l'an — la voltige des flocons à la lucarne

フランソワーズ　デニオ - ルリエーヴル /Françoise Deniaud-Lelièvre
（フランス /France）

ステンドグラス初夢星に届きけり

vitrail léger — un premier rêve vers les étoiles

エリック　デスピエール /Eric Despierre　（フランス /France）

道の先に提灯ひとつ夢始め

premier rêve — une lanterne au bout du chemin

フランソワーズ　モリス /Françoise Maurice　（フランス /France）

初夢を見てゆつくりと過ごす日々

first dreaming — spending days slowly
guardare il primo sogno — trascorrere giorni lentamente

アニコ　パップ /Papp Aniko　（ハンガリー /Hungary）

半世紀旅したやうな夢初め

first dream — I travel for half century
premier rêve — je voyage pendant un demi siècle

向瀬美音 /Mukose Mine　（日本 /Japan）

餅 [もち・mochi]

steam cooked rice cake / gâteau de riz à la vapeur

It is a food made from sticky rice.

母来たる餅の匂ひのする中に

the smell of steam-cooked rice cake — mother's visit

ミレラ　ブライレーン /Mirela Brailean　（ルーマニア /Romania）

ホームシック癒せる餅でありにけり

comfort food easing my homesickness — steam cooked rice cakes

バーバラ　オルムタック /Barbara Olmtak　（オランダ /Holland）

懐かしき匂ひをさせて餅焼けぬ

steamed rice cake — ancient perfumes
torta di riso al vapore — profumi antichi

キンベリー　オルムタック /Kimberly Olmtak　（オランダ /Holland）

初弥撒 [はつみさ・hatsumisa]

first mass of the year / première messe de l'année

Going to church and participating in the mass for the first time in the new year.
Mass of the New Year's Day. Participating in this mass and praying for a good year.

初ミサや蝶の止まりし説教壇

first mass — the butterfly perched on the old priest's pulpit

タンポポ　アニス /Tanpopo Anis　（インドネシア /Indonesia）

初弥撒や汗ばむ手にはロザリオを

first mass — the rosary in my sweaty hands

バーバラ　オルムタック /Barbara Olmtak　（オランダ /Holland）

初弥撒や感謝を捧ぐ白き空

first mass — grateful white cold sky with me

ナニ　マリアニ /Nani Mariani　（オーストラリア /Australia）

初弥撒や途絶えることのなき聖歌

uninterrupted gregorian chant in the abbey — first mass

バーバラ　オルムタック /Barbara Olmtak　（オランダ /Holland）

初ミサや歓喜の涙溢れたる

first mass — a happy tears in my eyes

リナ　ダルサ /Rina Darsa　（インドネシア /Indonesia）

初弥撒や蠟燭の灯の揺れてをり

première messe — la flamme vacillante des bougies

カルメン　バスキエリ /Carmen Baschieri　（イタリア /Italy）

初ミサや喜び皆と分かち合ひ

first mass — sharing the joy with everybody
prima messa — condividere la gioia con tutti

アニコ　パップ/Papp Aniko　（ハンガリー/Hungary）

初弥撒や神父大きな愛語り

first mass — priest tells about a big love
première messe — le prêtre parle de grand amour

向瀬美音/Mukose Mine　（日本/Japan）

動物 [どうぶつ・dobutsu] animals / animaux

初雀 ［はつすずめ・hatsusuzume］

first sparrow / premier moineau

New Year's sparrow. On the New Year's Day, fresh and feeling happy.

初雀折れた翼の癒えてより

broken wings are healed — first sparrow

バーバラ　オルムタック /Barbara Olmtak　（オランダ /Holland）

運びたる良き知らせあり初雀

first sparrow — messenger of good news

キンベリー　オルムタック /Kimberly Olmtak　（オランダ /Holland）

種を置く皿の光りて初雀

seeds in a shiny plate — first sparrows crossing the farmer's field

クリスティーナ　チン /Christina Chin　（マレーシア /Malaysia）

園庭に遊ぶ子ども等初雀

first sparrows — kids playing in the kindergarten yard

ミレラ　ブライレーン /Mirela Brailean　（ルーマニア /Romania）

窓辺には裸木の影初雀

first sparrow — on the window the shadow of bare branches

リナ　ダルサ /Rina Darsa　（インドネシア /Indonesia）

初雀に迎へられたる山に帰す

retour à la montagne — le premier moineau me souhaite la bienvenue

アンヌ - マリー　ジュベール - ガヤール /Anne-Marie Joubert-Gaillard
（フランス /France）

初雀椿の花を啄みぬ

camélia — le premier moineau picorant une fleur

フランソワーズ　デニオ‐ルリエーヴル /Françoise Deniaud-Lelièvre
（フランス /France）

十字架の飛行機雲や初雀

cross contrails in a plane-free sky — first sparrow

バーバラ　オルムタック /Barbara Olmtak　（オランダ /Holland）

初鳩 [はつばと・hatsubato]

first pigeon / premier pigeon, première colombe

We see pigeons at the shrine and the temple during the first visit of New Year's morning.

初鳩やパレットの白画家探し

première colombe — sur sa palette il cherche le blanc un peintre

アメル　ラディヒ　ベント　シャドリー /Amel Ladhibi Bent Chadly
（チュニジア /Tunisia）

初鳩や震へてをりぬ我が心

première colombe — le frémissement de mon cœur

エウジェニア　パラシヴ /Eugénia Paraschiv　（ルーマニア /Romania）

初鳩や全ての愛は手のひらに

first pigeon — all my love in her hands

フランチェスコ　パラディノ /Francesco Palladino　（イタリア /Italy）

初鳩や君からの文受け取りぬ

first pigeon — I received a love letter from you

ナニ　マリアニ /Nani Mariani　（オーストラリア /Australia）

初鳩や赤きリボンの手紙受け

first pigeon — a letter with a red ribbon in my hand

イン　イスマエル /In Ismael　（インドネシア /Indonesia）

初鳩や嬰はくうくう声を出し

baby's soft cooing — first pigeon

バーバラ　オルムタック /Barbara Olmtak　（オランダ /Holland）

初鳩や山査子の実を喜びて

baies d'aubépines — au jour de l'an le régal du pigeon

フランソワーズ　デニオ - ルリエーヴル /Françoise Deniaud-Lelièvre
（フランス /France）

初鳩や未来へ永遠の忠誠心

eternal loyalty of the future — first pigeon

ザンザミ　イスマイル /Zamzami Ismail　（インドネシア /Indonesia）

初鳩の水浴びしたる噴水よ

jet d'eau — la première tourterelle au bain

アンヌ - マリー　ジュベール - ガヤール /Anne-Marie Joubert-Gaillard
（フランス /France）

初鳩の一つが屋根に降りてくる

first pigeon — the bird landed on his rooftop

ナッキー　クリスティジーノ /Nuky Kristijino　（インドネシア /Indonesia）

教会にオリーブの木や初鳩来

an olive branch at the church door — first pigeon

キンベリー　オルムタック /Kimberly Olmtak　（オランダ /Holland）

あとがき

　今回は冬・新年の歳時記を編むことにしました。

　まず、本書をまとめるにあたり、本書は日本語を母国語としない海外俳人を対象としているため、外国人に伝わりやすい季語を選びました。

　海外で俳句に興味を持つ人間にとって、歳時記を入手することは困難であるため、その人たちの為に歳時記という形式にこだわりました。

　日本では季語について深い考察がされ、また文化・体感として季語への理解がされていますが、この試みは「俳句を作ることを欲している海外俳人や世界へ季語を発信する」ことを第一義とし、まずは季語に触れ実作をすることを目的として開始したものです。作品がつたなくとも、多くのメンバーの俳句を収録することに全力を尽くしました。

　季語の本意や文化的意味の理解については将来改善の余地が大いにあると考えていますが、季語の説明など、到らない点は全て向瀬美音の責任にあるとし、ここにまとめました。

　私が国際俳句に関わって５年目になりますが、次々に発見があります。特に感じているのは季語への反応の速さです。

　週に３回に分けて、ネットで季語を紹介していますが、その季語の本意を書くとすぐに俳句の投稿があり、その数は１日で100句を超えることも。季語の意味を理解し、季語に思いを託せるようになれば、自ずと長くなりがちだった作品が日本語でつくる17音のように短くなり、訳す作業も楽になってきました。

最初、私たちのグループは「二行」と「取り合わせ」を提唱していましたが、後に、「7つのルール」を設けることにしました。①取り合わせ、②切れ、③季語、④今を読む／瞬間を切り取る、⑤具体的なものに託す、⑥省略、⑦用言は少なく

　参加者がこのルールを守るようになった結果、今ではもう説明句はありません。「季語＋具体的な名詞」というパターンが増えてきました。そして、季語を紹介し始めて2年も過ぎると、歳時記をまとめられるほど作品がまとまってきました。今回も10000句近い句の中から2000句近くに絞りました。

　私たちのグループは主に、英語、フランス語、イタリア語に対応していますが、最近は投稿者の国がはっきりわかり始めた為、その国の言葉の持つ特有の感性の違いも少しずつ見えてきています。それが各々の俳句作品に表れるのです。例えば、インドネシアは俳人が多くいて、アジア的な感性を共有していると言えます。北アフリカの、チュニジア・モロッコ・アルジェリアなどは「詩人の国」と言われ、それゆえ俳句もとても詩的です。また、フランス語俳句は時に印象派絵画をみているような錯覚に陥ることも。かつてモネやゴッホが浮世絵に影響を受けるなど、一大ブームとなったのが「ジャポニスム」でしたが、今度は逆に西洋の俳句が印象主義絵画のような姿で日本に刺激を与えにやって来たようにも思います。彼らの作る俳句は絵画のように視覚に訴えるのです。

　未だ世界はコロナ禍で不安を抱えている日々です。投稿される俳句を読むたびに、その閉塞感が伝わってきます。コロナになる前は、広くて果てしないと思っていた世界でしたが、最近は人々の心はなんて近いのだろうと感じるのです。俳句を通してならば

不安感さえ共有することができます。美しい自然（季語）を詠み発表することは、心の不安を吐露し、分かち合うことに繋がるのです。俳句にはそういう力があると実感する日々です。

　コロナ禍のために郵送はままならないこともありますが、メンバーとは毎日オンラインで繋がっているので、できるだけ交流を続けたいと思っています。

　メンバーの関心がますます季語に向かっている今、夏と秋版の歳時記の刊行も実現させたいと考えています。

　また、「女性の日」「地球の日」「俳句の日」などの海外特有の季語もあります。海外の季語も集めて、外国語版の歳時記を作っても面白いと思います。俳句の国際化は奥が深くて面白いと感動を覚える日々です。

　最後に、この歳時記を編むに当たって、ご序文を執筆下さった櫂未知子氏に心から感謝を申し上げます。櫂氏は日本の俳句界の第一線で活躍され、今の日本の俳句を背負って立つ、私の尊敬する俳人です。私は櫂氏の主催する句会に毎月参加させて頂き、季語等を始め、厳しくも愛情に満ちたご指導を頂いております。その御縁で、本書への序文の執筆も快諾して下さいました。至らぬ点が多い本書ですが、引き受けて下さった事を、重ねて感謝申し上げます。

　また季語の説明を書いてくれたアニコ　パップさん、英語の俳句を日本訳にしてくれた中野千秋さん、ふたりのメンバーにも心よりお礼を申し上げます。

向 瀬 美 音

Postface

This time, I decided to compile a winter and New Year's Saijiki. First of all, in compiling this book, since this book is aimed at foreign poets who do not speak Japanese as their mother tongue, I chose seasonal words that are easy for foreigners to understand.

For people who are interested in haiku in the world, it is difficult to obtain Saijiki, so I chose the format of Saijiki for them.

In Japan, there is a deep consideration of seasonal words, and there is an understanding of seasonal words as a culture and experience, but at this time, the first importance is "to send seasonal words to overseas haijins who want to make haiku." It was started with the purpose of touching the seasonal words to write haikus. Even if the work is imperfect, I did my best to record the haikus of many members.

I think there is a lot of room for improvement in the future regarding the understanding of the true cultural meaning of Kigo, but I have summarized here that I, Mine Mukose is responsible for all the points that are not perfect, such as the explanations of Kigos.

It has been 5 years since I was involved in international haiku, and I've been discovering many things step by step, especially imressed with the speed of reaction of haijins to seasonal words. I introduce seasonal words on the internet three times a week, but as soon as I write the true meaning of the seasonal words, haikus are posted, and I can see more than 100 haikus in a day. By understanding the meaning of Kigo and making it more memorable, the haikus that tended to be longer naturally became shorter like the 17 syllables made in Japanese, and the work of translating became easier.

At first, our group proposed "two lines" and "Toriawase", but later decided to establish "seven rules".

1, toriawase, 2, only one cut, 3, seasonal word, 4, read now / catch the instant, 5, use the concrete things, 6, omission, 7, use less verbs and adjectives.

As a result of respecting these rules, there is no longer explicative haikus. The pattern of "seasonal words + concrete nouns" has increased. Two years after I started to introduce Kigo, I received so many haikus with Kigos that I could put them together in a Saijiki. This time as well, I narrowed it down to nearly 2000 haikus out of nearly 10000 haikus.

In our group, the members speak English, French, and Italian, but recently, I started to understand clearly the country of origin of the haijins. The differences in the unique sensibilities of the culture of these countries became gradually apparent. That is reflected in each haiku work. For example, it can be said that there are many Indonesian haijins who share Asian sensibilities. Tunisia, Morocco, Algeria in North Africa are said to be "countries of poets", and therefore haiku is also very poetic. Also, French haikus sometimes make me feel like I am looking at impressionist paintings.

In the past, it was "Japonisme" that caused a big boom, such as Monet and Van Gogh being influenced by ukiyo-e, but this time, Western haiku inspires Japan in the form of impressionist paintings. The haikus made by them appeal to the eyes with images like paintings.

The world is still anxious due to the coronavirus. Every time I read the posted haiku, I can feel the sense of hopelessness. Before COVID-19, I thought the world was wide and endless, but nowadays I feel how close people's hearts are. You can even share anxiety through haiku. Announcing beautiful nature (seasonal language) allow to share this anxiety. Every day I realize that haiku has this kind of power.

Postal mail may not be possible due to COVID-19, but I am connected to the members online every day, so I would like to continue to interact as much as possible.

Now that the members are becoming more and more interested in seasonal words, I would like to realize the publication of summer and autumn editions of Saijiki.

There are also overseas-specific seasonal words such as "Women's Day," "Earth Day," and "Haiku Day." I want to collect overseas season words. I think it would be interesting to make foreign language versions of Saijiki. The internationalization of haiku is deep and interesting and I am impressed every day.

Finally, I would like to express my sincere gratitude to Ms

Michiko Kai for writing the preface in compiling this Saijiki. Ms Michiko Kai is an active haiku poet at the forefront of the Japanese haiku world. I admire her who is one of the greatest current Japanese haijins. I participate in the Kukai hosted by Ms Michiko Kai every month, and I am receiving strict but loving guidance of Kigo. Thanks to that, she kindly agreed to write the preface to this book. This book has many points that are not perfect, but I would like to thank you again for accepting it.

I would also like to express my sincere gratitude to Aniko Papp for writing the English explanation of the seasonal words, and to Chiaki Nakano for translating the English haiku into Japanese.

Mine Mukose

Postface

Cette fois, j'ai décidé de composer un Saïjiki du Nouvel An et l'hiver.

Tout d'abord, en composant ce livre, puisque ce livre s'adresse à des poètes étrangers dont la langue maternelle n'est pas le japonais, j'ai choisi des mots saisonniers faciles à comprendre pour les étrangers.

Pour les personnes qui s'intéressent au haïku à l'étranger, il est difficile d'obtenir Saïjiki, j'ai donc choisi le format du Saïjiki pour eux.

Au Japon, il y a une considération profonde des mots de saison, et une compréhension des mots de saison comme culture et expérience, mais cette fois-ci, le premier objectif est "envoyer des mots de saison aux haïjins de l'étranger qui veulent écrire haïku." Il a été lancé dans le but d'aborder les mots de saison afin de créer de véritables œuvres. Même si l'œuvre est imparfaite, j'ai fait de mon mieux pour enregistrer les haïkus de nombreux membres.

Je pense qu'il y a beaucoup de possibilités d'amélioration à l'avenir concernant la compréhension du vrai sens culturel de Kigo, mais je suis moi, Mine Mukose responsable de toutes les imperfections, comme les explications des Kigos.

Cela fait 5 ans que je m'intéresse aux haïkus internationaux, et je continue à découvrir des choses. Ce que je ressens surtout, c'est la rapidité de réaction des haïjins aux mots saisonniers.

J'introduis des mots saisonniers sur Internet trois fois par semaine, mais dès que j'écris le vrai sens des mots saisonniers, des haïkus sont postés, et le nombre peut dépasser 100 par jour. Une fois que nous avons compris la signification des mots saisonniers et que nous avons pu y mettre nos pensées, nos haïkus, qui avaient tendance à être longs, sont devenus aussi courts que les 17 syllabes que l'on fait en japonais, et leur traduction est devenue plus facile.

Au début, notre groupe a préconisé "deux lignes" et "toriawase", mais a ensuite décidé d'établir "sept règles".

1, toriawase, 2, césure, 3, mot de saison, 4, saisir l'instant / utiliser le présent, 5, dire des choses concrètes, 6, brieveté, 7, éviter les verbes et les adjectifs.

Du fait que les participants ont suivi cette règle, il n'y a plus de haïkus explicatifs. Le modèle "mots saisonniers + noms concrets" a augmenté. Et, deux ans après avoir commencé à présenter Kigo, j'ai reçu tellement de haïkus que j'ai pu publier un Saïjiki. Cette fois-ci, j'ai pu réduire à près de 2 000 haïkus sur près de 10 000 reçus.

Notre groupe parle anglais, français et italien, mais récemment, alors que je connais mieux les pays d'origine des haïjins, je comprends de mieux en mieux les différences de sensibilités des cultures de ces pays. Cela se reflète dans chaque œuvre de haïku. Par exemple, on peut dire qu'il y a beaucoup de haïjins indonésiens qui partagent des sensibilités asiatiques. La Tunisie, le Maroc, l'Algérie en Afrique du Nord sont dits "pays de poètes", et donc leurs haïkus sont aussi très poétiques. De plus, les haïkus français donnent parfois l'impression de regarder des peintures impressionnistes.

Dans le passé, c'est le "japonisme" qui a provoqué un grand engouement, comme Monet et Van Gogh influencés par l'ukiyo-e, mais cette fois, le haïku occidental inspire le Japon sous la forme de peintures impressionnistes. Ces œuvres attirent le regard comme des tableaux.

Le monde est toujours anxieux à cause du coronavirus. Chaque fois que je lis un haïku posté, je ressens un certain désespoir. Avant l'épidémies de coronavirus, je pensais le monde vaste et sans fin, mais aujourd'hui, je sens à quel point le cœur des gens est proche. Grâce au haïku, nous pouvons même partager le sentiment d'anxiété. Écrire et publier la beauté de la nature (des mots de saison), c'est révéler et partager l'angoisse du cœur. Chaque jour, je me rends compte que le haïku a ce genre de pouvoir.

L'échange de courrier est peut-être difficile en raison de l'épidémie de coronavirus mais je suis connecté aux membres en ligne tous les jours, donc j'aimerais continuer à interagir autant que possible.

Maintenant que les membres s'intéressent de plus en plus aux mots saisonniers, j'aimerais réaliser la publication des éditions d'été et d'automne de Saïjiki.

Il existe également des mots saisonniers spécifiques à l'étranger tels que "Journée de la femme", "Jour de la Terre" et "Jour du haïku". J'aimerais recueillir des mots de saison à l'étranger et je pense qu'il serait intéressant de faire une version en langue étrangère de Saïjiki. L'internationalisation profonde du haïku est intéressante, et j'en suis impressionnée.

Enfin, je tiens à exprimer ma sincère gratitude à Mme Michiko Kai pour avoir rédigé la préface de la compilation de ce Saïjiki. Mme Michiko Kai est une active poétesse de haïku, à l'avant-garde du monde du haïku japonais. J'admire celle qui est l'un des plus grands haïjins japonais actuels. Je participe au Kukaï organisé par Mme Michiko Kai tous les mois, et je reçois les conseils stricts mais aimables sur Kigo. Grâce à cela, elle a gentiment accepté d'écrire la préface de ce livre. Ce livre comporte de nombreux points qui ne sont pas parfaits, mais je tiens à vous remercier encore une fois de l'avoir accepté.

Je voudrais également exprimer ma sincère gratitude à Aniko Papp pour avoir écrit l'explication en anglais des mots saisonniers, et à Chiaki Nakano pour avoir traduit les haïkus anglais en japonais.

Mine Mukose

編者履歴

向瀬美音（むこうせ・みね）
1960年、東京生まれ。上智大学外国語学部卒業。
日本ペンクラブ会員、日本文藝協会会員。
2013年頃から作句を始め、大輪靖宏、山西雅子、櫂未知子から俳句の
指導を受ける。2019年、第一句集『詩の欠片』上梓。2020年、国際歳
時記「春」。
現在、「HAIKU Column」主宰。俳句大学機関誌「HAIKU」Vol1［世
界の俳人55人が集うアンソロジー］Vol5［世界の俳人150人が集うア
ンソロジー］の編集長兼発行人。2020年『世界の俳人90人が集うアン
ソロジー』。
日本伝統俳句協会、俳人協会、国際俳句交流協会、フランス語圏俳句
協会AFH、上智句会、「舞」会員、「群青」購読会員。

Editor Biography

Mine Mukose

Born in Tokyo in 1960. Graduated from the Faculty of Foreign
Language Studies, Sophia University, Tokyo.
Japan Pen Club member. Japan Writer's Association member.
She started writing haiku around 2013, and received haiku
instruction from Yasuhiro Owa, Masako Yamanishi and Michiko Kai.
In 2019, she published the first anthology "A piece of Poetry", in
2020 International Saijiki [spring]. Currently president of "HAIKU
Column". Editor-in-chief and publisher of "HAIKU", the journal of the
international Department of Haiku University, Vol1 [Anthology of 55
haijins in the World] – Vol5 [anthology of 150 haijins in the world].
Member of Japanese Traditional Haiku Association, Haiku
Association, International Haiku Exchange Association, French-

speaking haiku Association AFH, Sophia Association, " Mai ",
" Gunjo " subscriber member.

Biographie de l'éditeur

Mine Mukose
Née en 1960 à Tokyo. Diplômée de la Faculté des Langues
Étrangères de l'Université Sophia à Tokyo.
Membre du Japan Pen Club. Association japonaise des écrivains.
Elle a commencé à écrire des haïkus vers 2013 et s'est formée
auprès de Yatsuhiro Owa, Masako Yamanishi et Michiko Kai. En
2019, elle a publié son premier recueil " Fragment de poésie " et en
2020 International Saijiki [Printemps].
Actuellement présidente de " HAIKU Column " : Rédactrice en chef
et éditrice de " HAIKU ", le journal du Département international de
l'Université de Haïku. Vol1 [Anthologie de 55 haïjins dans le monde]
– Vol5 [anthologie de 150 haïjins dans le monde].
Membre de Association Haïku Traditionnelle Japonaise, Association
Haïku, Association Internationale d'Échange Haïku, Association
Haïku Francophone AFH, Association Sophia, " Mai ", membre
abonné " Gunjo ".

*

現住所
〒160-0011　東京都新宿区若葉1-21-4-405
1-21-4-405 Wakaba Shinjyuku-ku Tokyo Japan 160-0011
MAIL　Mine.mukose@me.com

国際俳句歳時記
冬・新年

International Saijiki
Winter・New Year

Publication date 2022年5月20日初版　20 May, 2022
Editor 向瀬美音／Mine Mukose
Representative issuer 山岡喜美子／Kimiko Yamaoka
Publisher ㈲ふらんす堂／Furansu-do Co., Ltd.
〒182-0002 東京都調布市仙川町1-15-38-2F
1-15-38-2F Sengawacho, Chofu, Tokyo JAPAN 182-0002
TEL 03-3326-9061／+81-3-3326-9061
FAX 03-3326-6919／+81-3-3326-6919
HP http://furansudo.com
Book designer 和兎／wato
Printing 日本ハイコム㈱／Nihon Hicom Co., Ltd.
Bookbinding ㈱松岳社／Shogakusha, Inc.

定価＝本体 2500 円＋税
Price ¥2500- +tax
ISBN978-4-7814-1428-7 C0092 ¥2500E

翻訳：17 音訳　向瀬美音
編集委員：アニコ　パップ、中野千秋、向瀬美音
例句は［HAIKU Column］より抽出した。

Translation and 17 transliterations : Mine Mukose
Editorial committee : Aniko Papp, Chiaki Nakano, Mine Mukose
The example haikus were extracted from [HAIKU Column].

Traduction et 17 translittérations : Mine Mukose
Comité de rédaction : Aniko Papp, Chiaki Nakano, Mine Mukose
Les exemples sont extrait de [HAIKU Column].